DREAMBOOKS★

DREAMBOOKS★

수라전설 독룡

ORIENTAL FANTASY STORY & ADVENTURE

시니어 신무협 장편소설

dream
books
드림북스

수라전설 독룡 5 수라의 눈

초판 1쇄 인쇄 2019년 3월 8일
초판 1쇄 발행 2019년 3월 22일

지은이 시니어
발행인 오영배
편집 편집부
일러스트 eunae
본문편집 오정인
제작 조하늬

펴낸곳 (주)삼양출판사 · 드림북스
주소 서울시 강북구 도봉로 173
대표 전화 02-980-2112 **팩스** 02-983-0660
편집부 전화 02-987-9393 **팩스** 02-980-2115
블로그 blog.naver.com/dreambookss
출판등록 1999년 3월 11일 제9-00046호

ISBN 979-11-283-9453-9 (04810) / 979-11-283-9448-5 (세트)

드림북스는 (주)삼양출판사의 판타지 · 무협 문학 브랜드입니다.

수라전설 독룡

5

| 수라의 눈 |

시니어 신무협 장편소설

ORIENTAL FANTASY STORY & ADVENTURE

dream
books
드림북스

목 차

第一章

정파, 독문, 그리고 진자강

위종은 확실히 이상하다고 생각했다.

이제껏 흉수에 의해 살해당한 시체들은 크게 둘로 분류할 수 있었다.

독살된 시체와 찢겨 죽은 시체.

독이야 누구나 쓸 수 있는 것이지만, 맨손으로 사람을 찢어 죽이는 것은 어지간한 공력으로는 안 된다. 상당한 내공이 필요한 것이다.

하지만…… 이놈은 아니다.

아무리 좋게 봐줘도 사람을 맨손으로 찢어 죽일 능력이 없다.

하는 행동이나 눈빛에서는 몇 번이나 생사의 고비를 넘은 연륜이 느껴지는데, 행동은 전혀 아니다. 근력은 있어 보이나 오랫동안 무공을 수련한 무인 특유의 몸놀림은 거의 보이지 않는다.

아무리 막싸움을 해도 얼핏얼핏 무공의 흔적이 보여야 하는데 그렇지 않다.

그러니까 결론은 명확하다.

이놈 말고 또 다른 놈이 있다!

그것은 위종의 심사를 굉장히 복잡하게 만드는 추론이었다.

단순히 절름발이 놈이 흉수인 정도로 끝나지 않는다면 사태는 더욱 복잡해지는 것이다.

위종이 눈을 크게 뜨고 다시 진자강에게 물었다.

"한 번만 더 묻는다. 다른 놈은 누구지?"

진자강은 천권에게 머리채를 잡혀 강제로 고개가 들렸다.

'그'다.

'그'가 저지른 짓이다.

그러나 진자강은 아무 말도 않고 부은 눈으로 잠깐 위종을 쳐다보다가 대답 없이 눈을 감았다.

놀란 건 위종이 아니라 천권이었다. 아까까지는 위종과 눈싸움도 할 정도로 독기를 뿜던 진자강이 갑자기 매가리가 없어졌기 때문이다.

"어라? 이놈이…… 왜…… 이러지?"

천권이 괜히 위종의 눈치를 살폈다.

"어, 음…… 내가 너무 세게 때려서 맛이 갔나……?"

천권은 진자강의 머리를 놓고 슬쩍 뒤로 물러섰다.

위종이 이마에 잔뜩 주름살을 만들며 천권을 노려보다가 진자강에게로 시선을 옮겼다.

위종은 엎어진 진자강에게 말했다.

"나는 누군가 내가 모르는 일을 꾸미는 걸 아주 싫어하는 사람이다. 네놈이 여기에 와 있는 것, 그리고 짜 맞춘 듯 내게 그걸 누군가 알려 준 것. 그 두 가지는 매우 이상해. 날 놀리는 것 같단 말이야."

위종이 갑자기 신발을 벗고 맨발이 되었다. 그러더니 걸어와서 진자강의 관자놀이 쪽 위에 맨발을 올려놓았다.

"말하기가 싫은 모양이구나. 나도 잘 안다. 나도 어렸을 땐 치기로 종종 반항도 하고 그랬느니라. 그런데 어른이 되면 말이다. 하기 싫어도 해야 할 때가 있어. 당장에만 해도 그렇잖으냐. 네가 내 묻는 말에 답을 하지 않으면 남들이 나를 얼마나 우습게 여기겠느냐?"

위종은 발에 힘을 주며 발을 비볐다.

으직, 으지직.

진자강의 머리뼈에서 좋지 않은 소리가 났다.

손바닥과 발바닥의 가운데 장심(掌心)은 기가 배출되는 가장 좋은 통로다.

위종의 발바닥 장심에서 내공이 흘러나와 진자강의 머리통을 파고들었다.

파고든 내공이 진자강의 머리뼈를 뒤흔들었다.

으지지직.

진자강의 멀쩡한 눈동자 안쪽에서부터 핏물이 점점 배었다. 부은 눈에서는 피가 새어 나왔다.

뚜둑, 뚜둑.

머리뼈가 뒤틀리며 안쪽에서 탈골되었다. 어지간해서는 결코 발생할 수 없는 일이다.

"끄윽……."

진자강은 고통으로 몸을 떨었다. 잇새로 신음 소리가 흘렀다.

그럼에도 진자강은 아무 말도 하지 않았다.

"허허허…… 이런 독종 같은 놈이 다 있나."

위종은 사람 좋게 너털웃음을 터뜨렸지만 실제로는 화가 나서 얼굴이 벌게져 있었다.

그렇다고 더 힘을 쓰면 뇌가 곤죽이 되어 아무 말도 듣지 못할 터이니, 그게 더 화가 났다.

"아무래도 사지를 하나씩 뽑아놔야 정신을 차리겠구나."

위종이 탄식하듯이 말하며 신발을 신었다. 그러곤 진자강의 팔을 잡아 일으키려 했다.

하나 독저가 뼈에 박힌 탓에 진자강의 몸은 뻣뻣하게 굳어 있었다. 움직일 수 있는 건 손바닥이 타 버린 오른팔뿐이다.

"귀찮군."

뻣뻣하게 굳었으니 사지를 뽑으려면 오히려 마비를 풀어놔야 할 판이었다.

위종은 앉은 채로 진자강의 오른팔을 잡고 위로 치켜들면서, 상반신이 들려진 진자강의 허리를 발로 찼다. 정확히는 허리 장골에 박힌 독저의 끝을 앞꿈치로 찬 것이다.

퍽!

독저가 진자강의 장골을 뚫고 나갔다. 튀어나간 독저가 천장에 얹은 대들보에 박혔다. 위종은 진자강의 오른팔을 옆으로 뒤틀어서 몸을 돌려 눕힌 후 어깨의 독저를 뒤꿈치로 밟았다.

퍽!

진자강의 견갑골에 꽂힌 독저가 뼈를 뚫고 바닥에 박혔다.

멀쩡한 뼈가 꿰뚫리는 고통은 이루 말할 수가 없는 것이었다. 그것도 맨정신으로.

진자강의 눈이 크게 떠지고 몸은 계속해서 부들부들 떨렸다. 잇새로 피가 배고 코에서도 피가 흘러나왔다. 허리와 어깨에 뚫린 구멍에서도 옹달샘처럼 피가 졸졸 흘렀다.

이 광경을 지켜본 독문의 인사들은 혀를 내둘렀다.

위종의 고강하고도 잔인한 수법에는 감탄했고, 비명 한 번 지르지 않는 진자강의 독기에는 질렸다. 정말 소름 끼치도록 지독한 놈임에는 틀림없었다.

그중에서 천권은 떨떠름한 얼굴이었다. 그의 독저는 칼로 쳐도 잘리지 않는 묵철(墨鐵)로 만든 값비싼 무기였다. 그것을 대들보와 바닥에 끄집어내지도 못하게 박아 놨으니 어떻게 회수한단 말인가.

물론 위종은 독저 따위에는 전혀 관심이 없었다. 그의 관심은 오직 진자강에게만 향해 있었다.

위종은 거의 실신 바로 직전까지 와 있는 진자강을 빤히 내려다보았다.

문득 이상한 생각이 들었다.

거의 실신할 정도로 고통을 느끼고 있는 진자강에게서 묘한 살기가 느껴졌다. 핏물로 가득 찬 진자강의 눈은 위종을 똑바로 보고 있었다. 아직도 포기하지 않은 투다.

"네놈이? 무슨 수로?"

위종의 눈썹이 일그러졌다.

아무래도 뭔가……?

무언가 이상한데?

"그러고 보니 네놈…… 아까부터 입을 한 번도 안 벌리고 있구나?"

위종은 진자강의 태도에서 무언가 위화감을 느꼈다. 아까부터 한 번도 열지 않고 꾹 다물고 있는 입도 수상쩍었다.

위종은 진자강의 턱을 강제로 뽑아 버리려 했다. 진자강의 눈빛에 어린 살기가 더욱 진해진 것도 그때였다.

한데.

갑자기 정문 쪽에서 소란이 일어났다.

"비켜라!"

"안 비키면 손을 쓰겠다!"

"위 곡주는 당장 나오시오!"

위종의 신경이 분산되었다.

얼마 지나지 않아 한 떼의 인물들이 가로막는 독곡 무사들을 밀치며 강제로 대청 가까이까지 다가왔다.

위종은 짜증이 났다.

"저것들은 또 뭐야?"

백 명이 훨씬 넘는 수의 불청객들은 대청의 앞쪽까지 와서 멈춰 섰다.

무사들과 독곡의 고수들이 대청까지는 들어서지 못하게 막고 있었다.

약간의 대치 상태에서 불청객들 중 무인 한 명이 앞으로 나왔다.

"이 몸은 오조문의 추효올시다! 독곡주 위종은 당장 나오시오!"

"추효? 호둔검 추효?"

저들은 추효와 추효가 끌어들인 운남 정파의 무인들이었던 것이다.

운남 정파의 움직임이 심상치 않다는 걸 알고 있던 독문의 인사들은 크게는 놀라지 않았다.

"감히 여기가 어디라고!"

"웬 오합지졸들이 떼거리로 몰려와서 소란을 피우느냐!"

오합지졸이라는 말에 운남 정파의 무인들의 눈이 치켜올라갔다.

"오합지졸이라고?"

정파 무인들이 인상을 쓰며 무기를 고쳐 쥐었다.

철그럭!

"어쭈?"

독문의 인사들도 소매에 손을 넣어 감추거나 무기를 손에 쥐었다.

딱히 운남에서만이 아니더라도 독문과 정파는 오랜 기간 대척 지점에 있는 사이였다.

대부분의 정파는 독문을 하나의 문파로 대우하지 않고 사마외도(邪魔外道)의 일개 조직 취급을 하며 백안시했다. 운남의 오대 독문이 무림총연맹에 가입하는 게 쉽지 않았던 이유다.

하물며 정파임에도 불구하고 무림총연맹에 가입 자체가 어려웠던 중소 정파들은 자존심에 굉장한 상처를 입고 있었다.

그럼에도 그동안은 운남에서 독문의 세력이 워낙에 강대해 숨을 죽이고 있을 수밖에 없었다.

하나 더 이상 참을 필요가 없게 되었다.

오늘처럼 좋은 호기가 없었다. 운남에서의 주도권을 완전히 가져올 수 있는 기회이기도 했다. 일부 무인들의 얼굴에는 비장함마저 감돌고 있었다.

일단 시작을 했으니 물러설 수 없었다.

'오늘 아주 끝장내지 않으면, 우리가 당한다!'

그동안 독문이 운남에서 어떤 악독한 짓을 해 왔는지 보아 온 정파인들이었다. 조금이라도 약한 모습을 보이는 순간 금세 보복을 당한다는 걸 잘 알고 있었다.

독문 인사들도 정파가 몰래 규합하고 있다는 소문을 들었기에 그들이 단단히 각오하고 왔다는 걸 느꼈다. 하여 언제라도 싸울 수 있도록 내공을 끌어 올리고 준비를 했다.

한데 독문 인사들이 갑자기 눈짓을 하더니 옆으로 갈라졌다.

그 사이로 위종이 걸어 나왔다.

위종은 웃는 얼굴을 하고 있었으나 평소와는 달랐다. 진자강 때문에 흥분이 가라앉지 않아 감정이 채 수습되지 않았다.

얼굴은 불그스름하고 눈도 살짝 충혈되어 있어서 마치 술에 취한 사람과 비슷한 얼굴이었다.

감정을 억지로 누른 위종이 양팔을 벌렸다.

"이거 오조문의 호둔검 추 대협이시구려? 어서 오시오. 초대도 안 한 무례한 손님들이지만, 기껏 온 손님을 내치는 것도 도리는 아니지."

위종이 아까 술을 따라 준다고 모아 놓았던 일꾼들을 향해 손짓했다.

"손님들이 드실 술과 음식을 차려 오너라."

일꾼들은 방금까지 벌어진 일들 때문에 겁을 먹고 덜덜 떨고 있던 중이었다. 위종의 말이 떨어지자 잘됐다는 듯 황급히 자리를 떠났다.

하나 추효는 대접을 받을 생각이 없었다.

"우리가 고작 술이나 얻어먹으러 온 것 같소이까!"

"아니오?"

위종이 한쪽 입만 치켜들며 웃었다.

"그게 아니면 엉덩이가 무겁기로 유명한 분들이 여기까지 웬 행차를 하셨소?"

엉덩이가 무겁다는 건, 그간 독문의 행사에 입을 다물고 눈을 막고 귀를 막았던 정파에 대한 은유적 조롱이다.

"아아, 알겠소이다. 술 한 잔 따위로는 안 되겠다는 뜻인가 보오? 우리 독문에 임자 없는 재산이 넘쳐난다는 소문을 들은 모양이구려. 이참에 한몫 단단히 챙겨 보시려고?"

정파의 무인들은 화가 치밀었다. 상룡문의 문주 부용이 얼굴이 시뻘게져서는 소리를 질렀다.

"지금 독곡주는 우리를 심각하게 모욕했소이다!"

위종이 입꼬리를 비틀어 웃었다.

"아니오? 흠…… 이제껏 한 행동으로 보아 그런 줄 알았거늘. 그게 아니면 개떼처럼 몰려들 일이 무엇이오?"

부용이 씩씩댔다.

"우리는……!"

그 순간 위종이 부용을 향해 살기를 내뿜었다. 부용의 전신에 털이란 털이 전부다 한 순간에 곤두섰다.

부용이 깜짝 놀라서 저도 모르게 뒷걸음질을 쳤다.

"그, 그러니까 그것이……."

상룡문 문주 부용이 말을 더듬었다가 아차 싶어서 입을 다물었다. 상대가 아무리 대단한 무공을 가졌다 하더라도 말을 더듬다니! 이 무슨 꼴사나운 일인가!

추효가 부용의 앞을 가로막고 나섰다.

"내가 그 이유를 말해 주리다!"

말하라는 뜻으로 위종이 오만하게 추효를 내려다보았다.

추효가 이를 씹으며 말했다.

"내 아들, 추사진을 죽인 자를 찾아왔소."

"그럼 그 죽인 자를 찾아가야지, 왜 여기에 왔소이까."

"그놈이 여기 있으니까."

"그놈이라는 게 나를 말하는 건 아니겠고……."

추효가 잘라 말했다.

"절름발이."

위종의 눈썹이 꿈틀거렸다.

또 절름발이라고?

위종마저도 그 정도의 반응을 보인바.

독문 인사들 중 몇이 자기도 모르게 대청 안쪽에 쓰러져 있는 진자강에게 눈길을 주고 말았다.

그것을 정파 무인들이 놓치지 않았다.

독문 인사들의 눈길을 따라 쳐다보니 안쪽에 피투성이가 된 누군가가 있지 않은가!

때마침 진자강이 그들의 말을 듣고서 몸을 일으켰다. 몸을 일으켜 움직이는 순간 정파 무인들의 눈이 휘둥그레졌다.

"절름발이다!"

추사진의 친구인 청년 중 한 명이 소리쳤다.

"저 대청 안에 절름발이가 있습니다!"

추효가 이를 갈며 외쳤다.

"안에 있는 놈이 절름발이가 맞소? 아니오?"

위종은 어이가 없어서 코웃음을 쳤다.

"허어, 이것 참. 아무래도 단단히 오해가 생긴 모양인데……."

"오해인지 아닌지는 놈에게 물어보면 알 일이오."

잠깐 생각하던 위종이 눈을 치켜뜨며 뒤쪽으로 손짓했다.

"놈을 데려와!"

독문 인사들이 천권을 쳐다보았다.

"아, 왜 나를 봐……."

천권이 눈치를 보다가 뒤를 돌아본 위종과 눈이 마주치자 찔끔했다.

"네! 제가 데려갑니다!"

천권은 피를 흘리며 비틀거리는 진자강을 발로 차서 넘어뜨린 후, 뒷목을 잡고 질질 끌어 위종에게 데려갔다.

위종이 진자강의 머리를 잡고 들어 올렸다.

"자, 보시오. 호둔검이 찾는 절름발이가 이놈 맞소?"

추효는 아들을 죽였다는 절름발이의 얼굴을 모른다. 대신 얼굴을 확인해 줄 수 있는 이를 데려왔다.

추효의 뒤에서 젊은 무인이 걸어 나왔다.

일전에 추사진에게 단야산 쪽으로 가는 절름발이를 보았다고 알려 준 무관의 제자다.

"봐라. 네가 본 절름발이가 저자가 맞느냐?"

추효의 말에 젊은 무인이 마른침을 삼키며 진자강을 훑어보았다. 진자강은 한쪽 눈이 크게 부었고 얼굴도 피투성이가 되어 있어서 알아보기가 어려웠다.

하지만 젊은 무인은 고개를 힘차게 끄덕였다.

"제가 본 자가 맞습니다!"

위종은 고개를 갸우뚱하더니 진자강의 얼굴을 다시 앞으로 들이댔다.

"이놈 얼굴이 하도 엉망이 되어 나도 이놈이 조금 전에 그놈인지 잘 못 알아보겠는데…… 그런데 이 얼굴이 맞다고?"

젊은 무인이 위종의 말도 아랑곳않고 소리쳤다.

"제가 저자를 본 후에 추 소협이 저자를 따라가서 변을 당했습니다!"

위종이 어이없는 표정을 지었다.

"정말로 이 얼굴을 알아보았다고?"

처음부터 알고 온 것이 아니라면 도저히 알아볼 수가 없는 얼굴인데?

하나 젊은 무인의 확답을 받은 추효는 위종을 개의치 않고 소리 질렀다.

"곡주가 놈과 관계없다면 내가 놈을 심문해도 문제가 없겠구려! 놈을 이쪽으로 넘기시오!"

절름발이가 추효의 아들을 죽였다고 하면서 위종과 절름발이의 관계를 운운한다?

저렇게 말하는 경우는 뻔하다. 어떻게든 엮으려는 것이다. 절름발이를 내놓든 내놓지 않든 이미 위종이 사주했다는 결과를 정해 놓고 있으므로 달라질 게 없는 것이다.

그 방법을 가장 잘 써먹는 게 위종인데 위종이 모를 리가 있겠는가!

그러나 위종은 추효와 정파인들의 돌발 행동 말고도 신경 쓰이는 점이 한둘이 아니었다.

이제까지 벌어진 독문의 혈사가 절름발이 혼자서 벌인 일이 아니라는 걸 조금 전 깨달았기 때문이다.

거기에 갑작스러운 정파의 습격.

이것들이 과연 우연히 겹친 일일까?

위종이 갑자기 웃었다.

"껄껄껄!"

추효가 눈에 힘을 주고 위종을 노려보았다.

"그만 웃고 어서 놈을 넘기시오!"

"껄껄껄껄! 대단하군, 아주 대단해!"

위종은 미친 듯이 웃었다. 보고 있는 정파 무인들의 분통이 터질 지경으로 웃어 댔다.

"껄껄껄…… 좋았어. 아주 좋았어."

위종은 눈물까지 찔끔 흘리곤 말했다.

"넘겨 드리지. 이렇게까지 와서 부탁을 하는데 모른 척할 수 없으니 해 달라는 대로 해 드려야지."

그러더니 돌연 진자강을 앞으로 내던지는 게 아닌가!

쿠당탕탕.

진자강은 대청 밑으로 나뒹굴었다.

"자, 넘겨드렸으니 삶아 먹든 구워 먹든 알아서 잘해 보시구려."

이 정도로 순순히 내어 줄 줄은 몰랐기에 추효와 정파 무인들은 다소 어리둥절하기까지 했다.

하나 위종의 가소롭다는 표정을 보면 결코 선한 뜻으로

내준 게 아닌 것인지라 긴장을 늦출 수가 없었다.

추효가 손짓을 했다.

"놈을 일으켜라."

정파의 무인 둘이 앞으로 나와 진자강을 일으켜 세우려 했다.

"송향(松香)?"

진자강에게 가까이 가던 무인 둘이 돌연 놀라서 뒤로 물러났다.

"우욱!"

두 무인은 갑자기 구역질을 하다가 한 모금씩의 선혈(鮮血)을 뿜었다.

소나무 냄새가 괜히 나겠는가!

"도, 독을 썼다!"

위종은 하독할 때 특수한 향들을 일으킨다. 그의 별호가 백담향인 이유다.

추효가 두 눈을 부릅뜨고 위종을 노려보았다.

"백담향! 지금 무슨 짓을……!"

"아아, 흥분하지 마시오. 지금 그건 단순한 경고였으니까."

"뭣이오?"

"하나만 알아 두라고."

추효와 정파의 무인들이 동작을 멈추고 위종을 바라보았다.

"그대들은 본 곡이 초대한 손님도 아닌데 강제로 본 곡에 난입하였을뿐더러, 귀한 손님들을 모신 본 곡의 행사를 방해하기까지 했소이다."

"그건 사과……."

위종이 정색하며 추효의 말을 끊었다.

"무슨 사과? 내가 멍청이로 보여?"

"위 곡주! 말이 심하잖소!"

"말이 심해? 심한 건 그쪽이지. 이놈을 다그쳐서 결국은 나와 엮을 생각이잖아."

장내의 분위기가 순식간에 가라앉았다.

위종의 말투가 순식간에 달라졌다.

"만일 절름발이를 다그쳐서 아무것도 알아내지 못한다면."

위종은 말을 끊었다가 눈을 크게 부릅뜨고 정파인들을 노려보았다.

"귀하들은 왜 수십 년 동안 정파 나부랭이들이 본 독곡의 행사에 참견하지 못하였는지 그 이유를 알게 될 것이야."

수십 년간 운남의 패자였던 독곡!

그 독곡의 수장 백담향 위종이 발산하는 강렬한 적대감에 정파 무인들의 눈에 긴장감이 어렸다.

위종이 손을 휘저었다.

대청 밖에 있던 무사 백여 명이 독곡 고수들의 지휘하에 무기를 치켜들고 정파 무인들을 포위하듯 에워쌌다.

철컥! 철그럭!

정파 무인들도 무기를 들고 대치했다.

진자강을 일으키려 했던 두 무인이 어찌해야 하냐는 듯 추효를 돌아보았다.

추효가 위종을 마주 노려보다가 잔뜩 인상을 쓴 채 나섰다.

"내가 직접 심문하겠다!"

사람들을 모은 것이 추효이니 책임도 추효에게 있다.

추효는 내공을 끌어 올려 독을 대비하며 쓰러져 있는 진자강에게 다가갔다.

추효의 얼굴에는 이루 말할 수 없는 살의가 깃들어 있었다. 금방이라도 진자강을 잡아먹을 것처럼 이를 드러내었다.

진자강이 그런 추효를 피에 물든 눈으로 올려다보았다.

추효는 길게 묻지 않았다.

"네가 내 아들 추사진을 죽였느냐?"

진자강은 추효를 빤히 쳐다보기만 할 뿐 아무 대답도 하지 않았다.

추효의 눈썹이 꿈틀댔다.

"보아하니 입막음을 당하기 직전이었던 모양이구나. 사실대로 말한다면……."

추효는 말을 하다 말고 꿀꺽 침을 삼켰다. 살려 준다는 말은 거짓으로도 하기 어려운 얘기였다. 이놈을 지금 당장 찢어 죽여도 부족한 게 지금의 심정이었다.

그러나 말해야 한다.

추사진의 죽음을 헛되이 개죽음으로 만들지 않으려면.

추사진과 며느리 그리고 세상에 태어나지도 못한 채 죽은 손자의 복수를 위해서.

추효는 억지로 목소리를 짜내어 말했다.

"……살려 주마."

진자강은 무표정하게 추효를 바라보았다.

이 사람이 지금 무슨 얘기를 하고 있는 걸까?

추사진이 누구인지는 기억한다. 그 추사진이 나중에 죽었다는 것도.

그러니까 자신을 다그치는 것도 이해한다. 자기를 죽이고 싶은 심정도 이해한다.

그런데…….

그런데 이 사람들은 다 뭐지?

여기 모인 정파인들은……?

추사진이 죽은 일이 이렇게 모조리 모여서 독곡까지 찾아올 일이었던가?

운남 정파가 그렇게 협의 넘치는 문파들이었던가?

진자강은 혼란스러워졌다.

이들은 정의롭지 않았다.

그랬기에 팔 년 전, 약문 사람들이 우후죽순으로 죽어 나갈 때도 이들은 나서지 않았다.

하나같이 입을 다물고 있던 이들이었다.

그런 이들이 추사진의 죽음에 분노하여 나섰다?

더군다나 진자강이 그랬다는 증거는 아무 데에도 없었다. 그저 오해를 살만큼의 행동을 한 것만이 사실일 뿐이다.

결국 진자강의 증언에만 의존하여 여기까지 쳐들어왔다는 것인데…….

그게 말이나 되는가!

아무리 생각해 봐도 진자강은 지금의 상황을 쉽게 납득하기가 어려웠다.

진자강은 몰려온 정파의 무인들을 천천히 둘러보았다.

독곡의 무사들에게 둘러싸여 있지만 정파 무인들의 눈에는 두려움이 없다.

오히려 먼저 손을 써주길 바라는 듯 살기등등함이 엿보인다.

그리고 일견(一見) 그들의 눈빛에 슬그머니 감춰진 자신만만한 탐욕도.

아! 그렇구나.

진자강은 그제야 깨달았다.

이들은 처음부터 추효의 아들 추사진을 위해 이 자리에 모인 게 아니었다.

사대 독문이 멸문됨으로써 약해진 독문의 세력을 얕잡아보고, 피 냄새를 맡은 승냥이처럼 몰려온 것이다.

독문을 잡아먹기 위해.

추사진에 대한 얘기는 그냥 독문을 칠 명분이었다.

정파를 조롱하던 위종의 거친 말투도 그래서였다.

이곳에 몰려온 정파 무인들의 목적을 처음부터 알고 있었기 때문이다.

자기 문파를 먹으려고 온 자들이니 태도가 삐딱할 수밖에.

지키려는 자와 빼앗으려는 자.

하하.

상황을 이해한 진자강은 헛웃음이 나왔다. 물론 입을 벌려 웃지는 않았다.

표정에만 웃음기가 떠올랐을 뿐.

진자강의 웃음을 오해한 추효가 작은 목소리로 말했다.

"말해라. 누가 널 사주해서 내 아들을 죽이라 했는지. 그 말만 하면 너는 살 수 있다. 알겠느냐?"

진자강은 추효의 눈을 똑바로 쳐다보았다. 추효의 눈은 이글이글 불타고 있다. 말은 살려 준다는데 도저히 살려 줄 기미가 아니다.

추효가 마귀 같은 얼굴로 속삭였다.

"약속하마. 내가 원하는 대답을 하지 않으면 네놈은 내 장담컨대, 지금까지 살아오면서 가장 끔찍한 모습으로 죽게 될 거다."

진자강은 아무 말도 않았다. 윽박지르는 추효의 목소리도 공허하게 귓가에서만 맴돌았다.

추효의 협박은 아무런 위협이 되지 못했다. 그것은 이미 추효가 아니더라도 독문의 이들에게 여러 번 들은 얘기였다.

"자아, 어서……."

추효는 진자강을 잡아먹을 것처럼 가까이 얼굴을 들이밀었다.

그때.

툭.

추효의 콧잔등 위로 물방울 하나가 떨어졌다.

진자강은 하늘을 보았다.

툭, 투둑.

진자강의 얼굴에도 물방울이 떨어졌다.

비다.

비가 온다…….

비가.

진자강이 그토록 기다리던 비가!

마침내!

하늘에서 떨어지는 빗방울을 본 진자강의 동공이 기쁨으로 차올랐다.

그러나 비가 오는 걸 반기는 이는 진자강 외에 아무도 없었다.

아니, 다른 이들은 애초에 비가 오는 걸 거의 신경 쓰지 않았다. 비가 오는 게 무슨 큰 난리는 아니니까 말이다.

진자강은 몸을 움직였다. 독저 때문에 마비되었던 팔다리에 이제야 힘이 좀 들어갔다.

천천히 몸을 일으키고는 잠시 숨을 골랐다.

그러곤 비틀거리면서 다시 대청으로 되돌아가는 진자강이었다.

"음?"

이 같은 진자강의 행동은 누구도 예상하지 못한 바였다.

터덜터덜.

진자강이 발을 절면서 대청으로 되돌아간 것이다.

"이놈이 무슨……?"

추효도 당황스러웠다. 그러나 일단 지켜보기로 했다. 어쩌면 진자강이 위종에게 살려 달라고 하거나, 혹은 위종에게 욕을 하거나 해서 확실한 증거를 잡게 될 거라고 생각한 면도 있었다.

모두의 시선이 진자강에게 쏠렸다.

진자강은 대청 아래에 가서 섰다. 피로 물든 눈으로 대청 위에 있는 위종을 올려다보았다.

툭, 투두둑.

한두 방울씩 떨어지는 비를 맞으면서 한참을 서 있는 진자강이었다.

그렇게 시간이 흘러갔다.

처음엔 진자강이 뭐라도 할 줄 알았던 이들은 슬슬 지루해졌다.

위종 역시 마찬가지였다.

무슨 말을 하는 것도 아니고 그냥 가만히 서서 보고 있을 뿐이니, 뭘 어쩌라는 건지 알 수가 없었다.

"지겹구나. 뭘 원하는 거냐."

진자강이 대답이라도 하는 것처럼 입술을 달싹였다.

"뭐라고?"

달싹.

들리지도 않는 소리로 입술만 달싹이면서 진자강이 미소를 머금었다. 한쪽 눈은 퉁퉁 부었고, 다른 눈은 안에서 피가 차 시뻘건 얼굴로.

그러다 웃었다.

씨익.

마치 위종을 비웃는 듯한 웃음이었다. 계속해서 달싹거리는 입술은 마치 위종에게 욕을 하는 듯했다.

위종의 눈이 치켜떠진 순간 진자강의 눈앞에 바람이 일었다.

콰악!

위종이 진자강의 목을 붙든 채 높이 치켜들었다.

"지금 뭐라고 한 거냐? 응?"

위종은 무시당하는 걸 매우 싫어하는 성격이다. 특히나 밑에서 기어오르는 것도 싫어한다.

하물며 벌레보다 못한 진자강이 자신에게 욕을 하며 웃고 있으니 그 꼴을 그대로 보고 있을 리가 없다.

진자강의 목뼈를 바수어 버릴 것처럼 힘주어 쥐고선 입

술을 이죽거렸다.

"뭐라고 하였느냐고. 응? 어디 말을 하고 싶으면 해 봐라, 이 개 같은 정파의 앞잡이 놈아! 뭐? 뭐라고?"

그 모습을 본 추효가 소리를 질렀나.

"설마 죽여서 입막음을 하려는 건 아니겠지! 당신이 결백하다면 당장 절름발이를 내려놓으시오!"

위종이 사납게 조소를 지었다.

"내 결백을 증명하라고? 내가 왜 그래야 하지? 그냥 이놈을 죽여 버리면 그만인데."

"끅!"

그와 동시에 허공에 대롱대롱 떠 있던 진자강의 코에서 피가 뿜어졌다.

위종이 쥐고 있는 손으로 내공을 쏟아 부어 진자강을 죽이려는 것이다!

추효가 노해서 부르짖었다.

"백— 담— 향—!"

철컥! 철그럭!

정파 무인들이 전부 놀라서 무기를 고쳐 쥐었다.

위종도 눈을 부릅뜨고 고함을 질렀다.

"감히 이런 하찮은 미끼로 나를 올가미에 얽으려 들어? 호둔검, 이 정파의 개잡것아! 너는 내가 그리 우습게 보이는가?"

절름발이의 배후에 정파가 있다.

무림총연맹까지는 몰라도 최소한 운남 정파는 절름발이와 함께 행동을 했다.

위종은 그렇게 생각했다.

그러면 모든 의문이 풀린다.

절름발이를 전면에 내세워 삼대 독문을 멸문시키고 이후에 추효의 자식을 제물로 삼아 그 모든 죄를 독곡에 뒤집어씌운다.

그러다가 독곡이 절름발이를 잡은 아주 적절한 순간에 등장.

이 얼마나 잘 짜인 계획인가!

으드드득!

위종이 이를 갈았다.

"일부러 맞추어도 이렇게 딱딱 들어맞지는 않을 것이다, 이 쥐새끼 같은 정파 놈들!"

추효도 눈에 불을 켰다.

"궁지에 몰리니 이제 본색을 드러내는구나! 네놈들 스스로 정파가 아니라고 인정하는 것이렷다?"

"인정? 인정 같은 소리 하고 있네."

위종은 크게 소리쳤다.

"호둔검! 살아서 이 독곡을 기어 나갈 마지막 기회를 주겠다. 칼을 버리고 내 앞에 무릎을 꿇어라!"

"이노옴, 백담향! 적반하장(賊反荷杖)이 따로 없도다! 내 아들을 죽인 것도 모자라서 나까지 능멸하려느냐!"

정파 무인들과 독문 인사들이 모두 무기를 꼬나 쥐고 일촉즉발의 상황으로 서로를 노려보았다.

살기가 극도로 치밀어서 장내는 스산하기 이를 데 없었다. 누군가 한 명이라도 움직이면 곧바로 싸움이 벌어질 태세였다.

그런데 그때.

위종에게 잡혀 있던 진자강이 또다시 입을 우물거렸다.

위종이 눈에 힘을 주고 손에 내공을 더 주입하자, 진자강의 코에서 다시 피가 주룩 쏟아졌다.

추효가 고함을 쳤다.

"나는 기필코 절름발이의 말을 들어야겠다. 만약 네가 절름발이를 죽이면 네가 내 아이를 죽인 것으로 간주하겠다!"

"그게 네놈의 마지막 소원이라면 들어주지."

위종이 다시 진자강을 치켜들었다.

"자, 잘 들어라! 절름발이의 말을!"

진자강은 얼굴이 하얗게 질려서 입술을 달싹거렸다.

장내의 모두가 숨을 죽였다. 진자강의 말을 듣기 위해서다. 숨 쉬는 소리조차도 들리지 않을 정도로 적막했다.

하지만 진자강의 소리가 들릴 리 없다.

진자강은 들리거나 말거나 터진 입술을 계속해서 달싹였다.

위종은 화가 치밀어서 진자강의 목을 잡은 채 마구 흔들었다.

"말을 하고 싶으면 해 보란 말이다, 이 망할 새끼! 더 이상 기다리는 것도 질렸다. 말을 안 하면 이대로 모가지를 끊어 주마."

이성은 이미 한참 전부터 잃은 채였다.

진자강은 힘없는 지푸라기처럼 털럭거리며 흔들렸다. 입을 뭐라고 우물거리는데 들리지 않는다.

"하나도 안 들리지 않느냐! 저 추가 놈이 들을 수 있도록 큰 소리로 말하란 말이다! 말해 보라고!"

진자강이 간절하게 뭔가를 자꾸만 말하려고는 했다. 참을 수 없게 된 위종은 진자강의 입술에 귀를 가져다 대는 시늉을 했다.

"뭐라고? 응?"

그 순간.

툭……

위종의 귓가에서 사람의 입에서 낼 소리가 아닌 듯한 소리가 났다.

뭔가의 열매가 터지는 듯한 소리.

"……!"

위종이 놀라서 고개를 돌려 진자강의 얼굴을 쳐다보았다. 눈이 잔뜩 부은 채인 신자강이 위종의 얼굴 바로 앞에서 자기 입에 한껏 바람을 넣어 부풀리고 있었다!

치지지지.

입에서 흰 김이 새어 나온다.

잠시 잠깐 왜 그런 일이 생긴 건지 자각하지 못했던 위종이었다.

왜 이놈의 입에서 연기가?

그러나 곧 그 이유를 깨닫고는 소름이 끼쳤다.

그때까지 왜 진자강이 한마디도 안 하고 있었는지 알게 된 것이다.

"이런 미친 노………!"

그 순간 진자강이 위종의 얼굴에 머금고 있던 액체를 힘껏 내뿜었다.

푸— 우— 웃—!

명역독이다. 명역독의 덩어리를 이제껏 입에 물고 있었다.

그랬다가 그것을 이빨로 물어 터뜨려 뿜은 것이다!

아무리 미친놈이라고 해도 설마하니 이렇게까지 할 줄은 위종조차 예상도 하지 못했다!

그 방심의 대가로 위종은 얼굴에 명역독을 뒤집어썼다.

치이이이익!

"크아아아!"

위종이 비명을 지르며 고개를 젖혔지만, 진자강은 위종을 놓치지 않았다. 양손으로 위종의 머리를 잡고 안면에 힘껏 무릎을 꽂아 넣었다.

으직!

위종의 얼굴에서 끔찍한 소리가 났다.

그러나 위종도 만만한 자는 아니었다. 얼굴을 가격당함과 동시에 팔을 늘어뜨렸다. 위종의 소매에서 누런 가루들이 쏟아져 나오기 시작했다.

위종은 뒤로 몸을 피하면서 소매를 휘둘렀다.

독가루가 뿌옇게 비산했다.

진자강은 숨을 멈췄다. 그래도 미세한 독가루를 흡입해서 기침을 했다.

"윽, 쿨럭쿨럭!"

진자강은 기침을 하며 무릎을 꿇었다.

골반 뼈가 꿰뚫려서 바로 서지 못했다. 게다가 입도 멀쩡하지는 않았다.

입에서는 하얀 김이 계속해서 새어 나온다.

명역독을 입에서 터뜨린 탓에 입술과 입 안이 타서 김이 나오고 있었다.

하나 이 방법뿐이었다. 진자강으로서는 이곳에서 가장 절대적이며 최고의 고수인 위종을 잡으려면 이 정도는 각오해야 했던 것이다.

진자강은 기침을 하다가 얇은 덩어리를 토해 냈다.

"퉤!"

명역독을 싼 껍데기였다.

진자강은 몇 번 기침을 하다가 일어섰다.

비틀.

위종이 퍼뜨린 독이 아직도 허공을 날아다니는데 진자강은 개의치 않았다.

진자강이 바싹 탄 입술로 더듬거리며 말했다.

다행히 껍데기 덕분에 혀는 멀쩡했다.

"대화는…… 사지를 꺾어 놓고 해야 한다고 배웠지요. 안 그렇습니까?"

"으으으으!"

위종은 소매로 황급히 얼굴을 가리며 뒤로 물러났다. 독문의 문주들이 위종의 뒤를 보호해 주었다.

진자강은 얼굴에 흐르는 빗물을 손으로 훑어 내고 길게 한숨을 내쉬었다.

"후."

그러더니 위종을 따라 대청을 오르려 했다.

갑작스레 벌어진 일에 추효와 정파의 무인들은 잠시 지켜보기만 하고 있었다.

그런데 추효의 귓가에 전음이 날아왔다.

[지금!]

추효는 퍼뜩 정신을 차렸다.

사대 독문이 모두 사라진 지금, 독문에서 가장 위험한 건 위종뿐이다. 그 위종이 왠지 모르지만 절름발이에게 치명상을 입고 물러난 것이다.

본래 위종은 망료가 맡는다고 했다. 하나 위종이 부상을 입은 지금 이런 기회는 다시없다.

추효가 품에 손을 넣으며 외쳤다.

"모두 지금이오!"

정파의 무인들은 품에서 기름종이에 싼 환단을 꺼내어 입에 넣었다. 독문의 독을 어느 정도 저항할 수 있게 해 주는 피독단(避毒丹)이다.

피독단을 혀 밑에 머금고 입과 코를 면포로 둘러 감았다.

독문과 싸울 준비를 철저히 해 온 것이다.

당장에만 해도 위종이 뿌린 독가루가 대청의 입구를 떠다니며 막고 있었다. 미리 준비를 해 온 게 큰 도움이 되었다.

"갑시다!"

"와아아아!"

정파 무인들이 함성을 지르며 포위하고 있는 독문 무사들과 싸우기 시작했다.

챙! 챙챙!

각종 병기가 부딪치며 불꽃이 난무하기 시작했다.

그리고 일부는 대청으로 올라 대청에 있는 독문 인사들을 상대하려고 했다.

한데 대청 앞을 느릿느릿 오르고 있던 진자강이 갑자기 멈춰 서더니 뒤를 돌아보았다.

정파의 입장에서는 진자강의 존재가 거추장스럽다. 위종이 정신 차리기 전에 빨리 쳐야 할 정파의 입장에서는 귀찮기 그지없다.

추효가 몇몇 문파의 문주들과 함께 대청 밑까지 다가가 진자강에게 소리를 질렀다.

"네놈에 대한 단죄(斷罪)는 잠시 후에 치를 것이니, 앞에서 비켜라!"

진자강은 또 빤히 추효를 바라본다. 마치 억지 쓰는 사람을 바라보는 것처럼 무심한데, 잔뜩 짜증이 배어 있는 눈빛이다.

추효가 눈에 불을 켜고 소리쳤다.

"네 이놈! 그 눈알을 뽑아 버리기 전에 대청에서 비켜서지 못할까!"

절름발이는 반드시 죽여야 할 놈이다. 죽여서 아들의 넋을 위로해야만 한다.

하나 당장은 위종이 더 급하다.

위종의 목만 따면 절름발이야 언제든 죽일 수 있다.

그러나 어디까지나 그건 추효의 생각일 따름이었다.

진자강이 갈라진 목소리로 물었다.

"누구에게 허락을 받고 대청을 올라간다는 겁니까?"

추효는 순간 자기가 잘못 들었나 생각했다.

"뭐라고?"

"누구에게 허락을 받고 올라가느냐고 물었잖습니까."

"이, 이런 건방진!"

추효가 칼자루를 쥔 손에 힘을 주었다.

하지만 칠 수가 없었다.

그건 추효의 곁에 있던 다른 문파의 문주들 역시 마찬가지였다.

진자강의 피로 물든 눈을 본 순간 몸이 절로 얼어붙었다.

혈안(血眼)의 깊은 곳에서부터 핏줄이 뻗어 나와 온 세상을 뒤덮는 것처럼 느껴졌다.

핏줄들이 스멀거리며 거미줄처럼 퍼져서 자신들을 옭아

매는 것 같았다.

"크흑!"

"이, 이게 뭐……!"

광기(狂氣).

진자강에게서 보이는 무지막지한 광기가 그들을 옴짝달싹 못 하게 만들었다.

진자강이 야수처럼 이를 드러냈다.

"이놈들은 내가 잡아먹을 겁니다."

"네, 네 이노……."

"내 먹이를 건드리면 당신들도 다 죽습니다."

작은 목소리였지만 그 말은 추효와 문주들의 귓가에 소름 끼치도록 똑똑히 들려왔다.

꿀꺽.

추효와 문주들은 마른침을 삼켰다.

수백, 수천 명이 뿜어낸 피 웅덩이 속에서 기어 올라온 수라만이 가질 수 있는 광기의 눈빛.

진자강은 광기에 번들거리는 눈으로 추효와 문주들을 노려보았다.

"지, 지독한 눈……."

주춤.

문주들이 저도 모르게 반걸음을 물러섰다.

추효 역시 뒤로 물러나려다가 그걸 자각하고 흠칫 놀랐다.

'말도 안 돼…… 내가, 이 내가 절름발이에게 압도당했다고?'

그러나 그보다도 더욱 분한 것은, 자신의 아들을 죽인 놈을 앞에 두고 떨었다는 점이었다.

추효는 이를 악물었다. 그러나 도무지 벗어날 수가 없었다.

진자강이 고개를 돌리고 다시 대청 위로 올라갈 때에야 그들을 옥죄고 있던 핏줄들이 사라졌다.

"추, 추 문주. 저놈……."

"알고 있소."

추효는 불현듯 생각했다.

저 절름발이는 그저 앞잡이가 아니었다.

삼대 독문의 몰살.

그것은 다른 이들이 아니라 어쩌면 저 절름발이가 혼자서 한 짓일지도 모른다.

추효는 뒤를 돌아보았다.

정파와 독곡 무사들의 싸움이 한창 벌어지고 있는 와중에도 팔짱을 끼고 가만히 서 있는 이가 있었다. 커다란 죽립(竹笠)으로 얼굴을 가리고 온몸을 발끝까지 덮은 긴 장포를 걸쳤다.

그를 보며 추효가 굳은 얼굴이 되었다.

툭, 투두두둑.

빗방울이 점점 더 많이 떨어지고 있었다.

*　　*　　*

진자강은 대청에 올라섰다.

그러곤 소매에서 침 한 자루를 꺼내 옷에다 문질러 독을 닦았다. 닦은 침 끝으로 부어오른 눈덩이를 찢었다. 피가 흐르며 부기가 가라앉아 시야가 트였다.

자신을 바라보는 독문의 인사들이 보였다.

진자강은 명역독에 타서 말라붙은 입술로 그들을 향해 말했다.

"죽고 싶지 않은 사람은 대청 밖으로 나가십시오."

그것은 매우 차분하면서도 의외의 말이었다.

독문 인사들은 다소 어이가 없어 하면서도 당연히 움직이지 않았다.

"무슨 개소리를 하고 자빠졌어, 이 쌍!"

독문 인사들의 욕설에도 불구하고 진자강은 다시 말했다.

"나는 당신들이 누군지 모릅니다. 구분할 생각도 없습니다. 그러니까 여기 있으면…… 모조리 다 죽일 수밖에 없습니다."

그들의 표정에 보이는 감정은 그야말로 각양각색이었다.

호기심, 당황함, 두려움…….

"미친 새끼."

누군가 욕을 했다.

하나 여전히 움직이는 이는 없었다.

"잘 알겠습니다."

진자강의 시선이 독문 인사들을 훑고 반대쪽까지 통과했다.

대청의 끄트머리에서 위종이 급히 처치를 하고 있었다. 얼굴에 외상약을 바르고 있다.

보라! 마침내 이곳까지 왔다.

야속하기만 하던 하늘은 드디어 진자강에게 복수의 시간을 허락했다. 이때를 위해 체력을 아끼려고 일부러 잡혀서 얻어맞기까지 했다.

그렇게 기다리고 또 기다린 결과.

완벽하지는 않았으나 모든 것이 준비되었다.

이제 그들에게 죗값을 치르게 할 순간이다.

진자강의 가슴속 깊은 곳에서부터 뜨거운 것이 치밀어 올랐다.

"으……으으아아아아……!"

진자강은 위종을 향해, 그리고 대청 안에 있는 모든 독문 인사가 듣고도 남을 만큼, 팔 년을 속에 눌러두었던 한을 모조리 끄집어내어 힘껏 내질렀다.

"나는 백화절곡의 후예 진자강이다—! 백화절곡과 운남의 모든 약문을 대신해 독곡에 원한을 갚으러 왔다—!"

진자강은 부러져라 이를 갈았다.

으드드드득!

위종을 비롯한 모든 독문의 인사가 진자강을 쳐다보았다.

진자강이 그들을 향해 씹듯이 말을 내뱉었다.

"한 명도, 단 한 명도 남김없이 모두 죽여 버리겠다."

第二章
삼중의 덫

한 방울 두 방울씩 떨어지던 빗방울이 어느새 굵은 장대
비가 되어 쏟아지기 시작했다.

챙, 채챙!

"죽엇!"

"크아악!"

대청 밖, 정파 무인들과 독곡 무사들의 싸움 도중에 연속
으로 비명 소리가 울려 퍼지고 있었다.

거의 일방적으로 독곡 무사들에게서 나오는 비명이다.

독곡 무사들은 칼과 창에 독을 발라 썼는데, 갑작스럽게
비가 오는 바람에 독이 씻겨 나가고 있었다. 더욱이 정파

무인들은 피독단까지 물고 있어서 그나마의 독도 거의 효과를 보지 못했다.

독곡의 고수들이 필사적으로 싸우고 있었으나 정파의 숫자에 크게 밀렸다.

쏴아아아—!

싸우는 도중에도 비는 점점 심해졌다. 금세 바닥에 웅덩이가 고여서 밟을 때마다 첨벙거렸다.

싸우면서 물이 튀어 눈을 뜨기도 힘들 정도였다.

정파 무인들은 더 박차를 가해 독곡 무사들을 제압해 갔다. 운남에서 제법 이름을 날리던 독곡의 고수들도 더 버티지 못하고 하나둘씩 쓰러져 가고 있었다.

"이쪽은 우리가 잡아 가고 있소!"

청운검파의 주인 미염공이 독곡 무사 한 명을 쓰러뜨리며 소리쳤다.

중요한 건 대청 쪽이다.

대청의 지붕 아래에 모여 있는 독문의 인사들.

그들까지 제압해야 오늘의 일이 순조롭게 마무리되었다고 볼 수 있는 것이다.

미염공은 눈으로 흘러드는 빗물을 훔치며 대청 쪽을 바라보았다.

하나 대청 쪽을 맡은 정파의 무인들은 대청에 오르지 않고 밖에서 기다리고 있을 뿐이다.

"뭣들 하는 거야?"

미염공이 마음에 들지 않는 투로 얼굴의 빗물을 닦아 냈다.

마음에 들지 않는 건 또 있었다.

싸움의 한가운데에서 아무것도 하지 않고 서 있는 죽립인.

팔짱을 끼우고 대청 쪽을 바라보기만 하고 있는 죽립인 역시 마음에 들지 않았다.

"백화절곡이라……."

죽립인이 중얼거렸다.

*　　*　　*

쏴아아아!

대청 밖에 떨어지는 비가 거세졌다.

지붕의 기와에 부딪치는 빗줄기 소리가 악기처럼 울렸다.

타타타탁!

진자강은 대청의 입구를 천천히 올랐다.

절룩, 절룩.

안쪽에 있는 독문의 인사들은 진자강의 말을 듣고 나서 어수선해졌다.

"그럼 이제까지 우리 독문을 공격한 것이……."

"저놈이었어?"

믿기 어려운 일이었다.

약문의 후예라니.

완전히 몰살시킨 줄 알았던 약문의 후예가 나타나서 복수를 천명(闡明)하였다.

그러나 진자강의 선언에도 불구하고 독문 인사들은 진자강을 대단하게 보지 않았다. 자기의 입에 독을 머금고 위종의 얼굴에 퍼부었을 정도로 독한 놈이긴 하나, 그것은 오히려 약하기 때문에 독할 수밖에 없다는 걸 반증하는 부분이었다.

저렇게 절뚝거리는 진자강이 백 명에 가까운 자신들을 상대로 어떻게 할 수 있으리라고는 생각되지 않는 것이다. 오히려 대청 밖에 있는 정파의 무인들과 싸우는 게 더 걱정되는 일이었다.

철죽방의 방주 천권이 목을 우두둑우두둑 꺾으면서 앞으로 나왔다.

"이거이거 이 새끼, 이번엔 아주 주둥아리까지 찢어 버려야 허튼소리를 못 하겠구만?"

조금 전에도 가볍게 진자강을 제압했던 천권이다. 때문에 천권은 진자강에 대한 두려움이 전혀 없었다.

천권은 양손 손가락 사이에 독저를 쥐고 돌렸다.

핑그르르르.

독저를 쥐고 느긋하게 진자강에게 다가가는데, 진자강은 가만히 보고만 있을 뿐이다.

천권이 히죽대며 진자강을 비웃었다.

"겁먹었냐? 방금은 백화 뭐 어쩌고 우릴 다 죽인다며?"

얼굴에 약을 바르던 위종이 이를 갈며 소리쳤다.

"놈의 팔다리를 몽땅 뽑아서 내 앞에 가져다 놔!"

천권이 위종을 돌아보았다가 찔끔 놀랐다. 위종의 얼굴은 명역독 때문에 녹고 눌어붙어서 엉망이었다. 눈도 반쯤 녹은 살에 가려져 보이지 않았고, 코는 진자강에게 맞아 으깨진 채로 붙어 버렸다. 입술도 녹아서 이빨이 그냥 드러났다.

끔찍한 몰골에 천권은 얼른 고개를 돌려 버렸다.

"네놈은 이제 곱게 죽긴 글렀…… 응?"

진자강이 바닥에 굴러다니던 명역독의 덩어리를 주워 천권에게 던지고 있었다. 천권이 급히 고개를 피하니 뒤로 날아가서 터졌다.

"으앗!"

천권의 뒤에 있던 독문 인사들이 피하고 난리가 났다.

"그걸 피하면 어떡하나!"

천권이 화를 냈다.

"그럼 그냥 맞아?"

그사이 진자강은 남은 명역독의 덩어리를 주워 모두 던져 버렸다. 대청 안에 백여 명에 가까운 인원이 있기 때문에 그 안에서 몸을 운신하기엔 좁은 편이다.

각자들 덩어리를 피하느라 소란이 일었다.

치이이이!

대청의 마룻바닥에 떨어져 터진 명역독이 시큼한 냄새와 함께 연기를 피워 냈다.

"그만해라, 이 미친 꼬마 놈아."

천권이 인상을 쓰며 진자강을 향해 달려들었다.

진자강은 소매에서 온갖 독을 꺼냈다.

한데 그걸 천권에게 뿌린 게 아니라 자신의 몸에 뿌려 버렸다. 유유정 한 통과 설사를 일으키는 독 등, 굳이 살상용이 아니더라도 상관없이 들고 있던 건 죄다 뿌렸다.

가루독과 액체독이 진자강의 머리카락과 옷에 진득하게 들러붙었다.

"뭐, 뭐하는 거야?"

진자강은 한 모금의 호흡으로 내공을 만들었다. 그중 반 모금의 내공으로 보법을 사용하며 천권을 피해 다른 독문 인사들의 틈으로 파고들었다.

진자강이 자신의 몸에다 온통 독을 뿌려 둔 탓에 독문 인사들은 화들짝 놀라 피할 수밖에 없었다. 독문 인사들은 급히 손에 녹피장갑을 끼웠다.

"이, 이놈이?"

방금까지 거의 죽어 가던 놈이었는지라 갑자기 보법까지 쓰면서 달려들 줄은 몰랐다.

물론 진자강은 죽어 가고 있던 게 아니었다. 지금의 이 순간을 위해서 힘을 비축해 두고 있었다. 아까 천권에게 당한 것도 사실은 더 힘을 소모하기 싫어 일부러 잡혔던 것이다.

진자강이 빠르게 달려들자 독사문(毒蛇門)의 문주가 독을 바른 긴 쇠 손톱을 꺼내 들었다. 하지만 옆에서 기겁을 하며 소리쳤다.

"조심해!"

독사문 문주는 쇠 손톱을 휘두를 수가 없었다. 진자강이 아니라 다른 이들이 맞을까 봐서였다. 독을 발라 놔서 실수로 조금 긁히기만 해도 죽을 수 있었다.

"이런 쌍!"

독사문 문주는 어쩔 수 없이 쇠 손톱을 다시 가죽보에 싸넣어야 했다. 그사이 진자강은 바닥을 구르면서 팔뚝의 가죽띠에서 침을 뽑아 던졌다.

비선십이지의 수법!

"으앗!"

쇠 손톱을 챙겨 넣던 독사문의 문주가 목에 침을 맞았다. 쇠 손톱이고 뭐고 내팽개친 독사문 문주가 목의 혈도를 누르고 몸을 피했다.

하지만 진자강이 달려들었다. 진자강은 독사문 문주를 넘어뜨리고 그 위로 올라탔다. 진자강의 몸에서 독사문 문주의 얼굴 위로 독가루며 액체의 방울이 떨어졌다.

"흐읍, 흡흡!"

독사문 문주가 기겁하며 입을 다물고 한쪽 눈을 감으면서 얼굴을 돌렸다. 그것이 무슨 독인지는 모르지만 저런 걸 몸에 퍼붓고 달려들었으니 결코 좋은 독은 아닐 것이었다.

진자강은 독사문 문주가 떨어뜨린 쇠 손톱을 주워 문주의 가슴에 박으려 했다. 찰나 옆에 있던 다른 독문의 문주가 진자강을 공격해 왔다. 손바닥에 독기를 모아 밀듯이 쳤다.

"이놈!"

시커먼 독장이 진자강의 등을 때렸다. 진자강은 몸을 틀어 왼쪽 어깨를 내주면서 공격해 온 문주를 쇠 손톱으로 긁었다.

공격한 문주의 입장에서는 진자강의 어깨를 때리면 확실히 중독시킬 수 있겠지만 자기도 다리를 긁힌다. 그 쇠 손톱에 독이 발라져 있으니까 조금만 긁혀도 중독될 거라는 건 자명한 사실이다.

독장을 치던 문주도 남 살리자고 자기가 죽기는 싫었다. 공격을 포기하고 독장을 수습해 물러났다.

진자강의 아래에 깔린 독사문 문주가 진자강의 목을 손으로 잡으려 했다. 진자강은 문주의 손가락을 물어 버렸다.

"크아앗!"

손가락을 물린 문주가 비명을 지르자 진자강은 문주의 팔뚝을 잡고 쇠 손톱으로 긁어 버렸다.

촤악!

긁힌 살이 찢기며 문주 본인의 얼굴에 흠뻑 피가 쏟아졌다.

"이런 잔인한 놈이!"

근처에 있던 다른 독문의 소문파 장로가 진자강을 향해 발길질을 했다.

암기를 쓰거나 독을 뿌리면 편한데 그럴 수가 없었다. 그랬다가는 옆에 있는 다른 이들이 피해를 볼 수 있었다.

게다가 진자강이 자기의 몸에 독을 잔뜩 뿌려 놨기 때문에 너무 근접해서 싸우는 것도 꺼려질 수밖에 없었다.

진자강은 그것도 피하지 않았다. 몸을 최대한 수그려 어깨와 팔뚝으로 대신 맞았다.

뻑!

공력이 담긴 축(蹴)이라 얻어맞은 팔이 마비된 듯 저려 왔지만 진자강은 억지로 발을 붙들었다.

"어어…… 어?"

진자강은 발을 안듯이 꽉 붙들고 침을 뽑아서 공격한 자의 허벅지 뒤쪽 부드러운 오금을 찍었다.

"으아앗!"

오금에서 따끔함을 느낀 소문파의 장로는 본능적으로 독이라는 걸 알았다. 뒤로 나자빠지며 비명을 질렀다.

장로가 허둥지둥 다리를 점혈해 독기가 퍼지는 걸 막으려는데 진자강이 그 위를 덮쳤다. 장로는 점혈도 못 하고 다급히 기어서 달아날 수밖에 없었다.

진자강이 장로를 바짝 뒤쫓아가고, 그 뒤를 다시 천권이 뒤쫓고 있었다.

"이놈! 거기 서라!"

천권이 가장 열성적으로 진자강을 쫓고 있었지만, 진자강은 다른 독문 인사들을 방패로 삼으며 도망 다녔다. 그렇다고 도망만 다니는 것도 아니고 한번 약점을 보인 자는 집요하게 쫓아다니며 목숨을 노렸다. 그 때문에 독문 인사들은 서로 눈치만 살피기 바빴다.

한 명이 달려드는 진자강을 피해 손을 떨쳤다.

누에 한 마리가 날았다.

독잠(毒蠶)!

독잠이 붙으면 피부가 상하고 거기에서부터 독이 퍼져

사지가 마비된다.

그러나 진자강은 날아오는 독잠을 입으로 씹어 버렸다.

와직!

씹은 독잠을 옆에서 다가드는 독문 인사의 얼굴에 뱉어 버렸다. 그가 기겁하며 피했음은 물론이다.

"미, 미친!"

독문 인사들은 소름이 끼쳤다.

미친개다. 지가 죽어도 앞에 있는 놈은 반드시 죽이고 말겠다는 투로 달려드는 미친개다. 때리면 때리는 대로 맞으면서도 끝끝내 상대에게 독을 처바른다.

그러니 누가 그 미친개에게 달려들고 싶겠는가.

당장에 대청 밖에도 정파가 대기하고 있다.

놈들이 올라오지 않는 건, 자기들이 굳이 힘을 빼지 않고 상황을 지켜보다가 올라오려는 생각인 게 뻔히 보인다.

독문 인사들은 눈치만 보며 싸울 듯하다가 몸을 뺐다. 진자강에게 물릴까 봐, 천권에게 방해가 될까 봐 매우 소극적으로 가세하고 있었다.

덕분에 진자강은 자잘한 부상을 입으면서도 아주 큰 위기에까지는 몰리지 않았다.

한편, 위종은 매우 고통스러웠다.

얼굴은 계속 불에 타고 있는 듯하였고, 눈도 잘 떠지지 않았다.

"끄으아아아아!"

외상약을 아무리 뿌리고 바르고 해도 도무지 나아지지가 않았다.

위종은 흘러내리는 것 같은 눈을 억지로 치켜뜨고 대청 안을 보았다.

미꾸라지 한 마리가 물을 흐리듯, 진자강이 대청 안을 이리저리 다니면서 난장판을 만들고 있었다. 얼핏 보면 천권을 피해 달아나는 듯 보이나, 천권을 뒤에 달고 다니면서 다른 이들의 공격을 방해하는 방패로 쓰고 있는 것이었다.

대청 안의 백 명 넘는 무인들이 허둥대는 꼴이 가관이다.

여럿도 아니고 겨우 한 놈을 못 잡아서!

그야말로 개판.

개판 중의 개판.

"내가…… 이런 놈들을 데리고 큰일을 도모하려 했다니!"

위종은 빠득빠득 이를 갈았다.

애초에 운남의 독문 대부분이 제대로 된 무림 문파가 아닌 탓이다. 독물(毒物)이 많아서 독을 쓰는 게 무공 익히는 것보다 간편하니까 독을 다루는 문파가 많았다. 무공이 뛰어나다거나 특출한 문파는 거의 없다.

그나마 문파 같은 모양새나마 갖춘 것이 멸문한 석림방, 지독문, 암부, 철산문의 사대 독문이었다.

망해간 사대 독문의 빈자리가 이렇게 크게 느껴지고 있었다.

남은 중소 독문으로는 미친개 하나 잡지 못하는…… 이것이 현실이었다.

도무지 믿겨지지 않을 지경이었다.

툭. 투툭.

위종의 얼굴에 물이 떨어졌다.

위종은 고개를 흔들었다. 얼굴을 손으로 닦을 수도 없는데 아까부터 자꾸 물이 뚝뚝 떨어져서 귀찮다.

뚝뚝뚝.

"이런, 쌍!"

위종은 천장을 쳐다보았다.

천장에서 물이 샌다.

뚝뚝, 뚝뚝뚝뚝.

물이 새는 게 점점 더 심해져서 지붕이 있으나 마나 할 지경이다.

"어떤 새끼들이 지붕 공사를 이따위로 했어!"

대청 밖에는 비가 심하게 와서 앞도 잘 보이지 않았다.

그러나 대청 안도 상황이 비슷해져 가고 있었다. 지붕에 구멍이 났는지 계속 빗물이 새고 있었다. 누가 일부러 물을 뿌리는 것처럼 온 천장에서 빗물이 떨어진다.

후두두두.

그러나 위종을 제외한 대부분의 독문 인사들은 크게 신경 쓰지 않았다.

그도 그럴 것이…… 목숨이 왔다 갔다 하는 와중에 빗물 좀 떨어진들, 몸이 좀 젖은들 그게 무슨 대수란 말인가?

대청 안에서는 미친개가, 대청 밖에는 정파 무인들이 잔뜩 기다리고 있는데 비 새는 지붕 따위에 신경이 쓰일 리 없다. 그저 조금 귀찮을 뿐이다.

퍽!

혼잡한 대청 안에서 타격음이 울렸다.

미꾸라지처럼 도망다니던 진자강이 마침내 눈먼 몽둥이에 얻어걸렸다.

누군가 생각 없이 휘두른 박달나무 몽둥이에 이마를 맞은 것이다.

진자강이 나뒹굴자 독문 인사들이 눈치를 보다 우르르 몰려들었다. 하지만 그보다 먼저 천권이 달려들었다.

"놈은 내 거야!"

천권은 벌써 한 식경 이상 진자강을 쫓아다녔다. 화가 머리끝까지 치밀어서 눈에 뵈는 게 없었다. 주변을 밀치며 진자강을 덮쳤다.

천권이 진자강을 올라타서 녹피 장갑을 끼운 손으로 진자강의 목을 졸랐다.

"이 새끼가 감히 어르신을 놀려? 쥐새끼 같은 놈이 도망만 다니고……."

"끅!"

천권의 우악스러운 힘에 목이 졸린 진자강은 순식간에 얼굴이 벌게졌다. 진자강은 다리를 들어 올려서 천권의 팔에 매달리듯이 한 다음, 발로 천권의 턱을 밀었다.

천권의 머리를 밀어서 팔을 풀게 하려는 듯한 동작이었다. 천권도 밀리지 않으려고 목에 잔뜩 힘을 주었다.

천권이 힘으로 밀리지 않자 진자강은 발바닥으로 천권의 턱을 밀면서 입이며 뺨을 발로 문질러 댔다. 입술이며 뺨이 이리저리 밀려서 우스운 표정이 되었다.

게다가 천장에서 빗물이 새어 흐르고 있었기 때문에, 천권의 얼굴로 빗물이 떨어졌다. 거기에 진자강이 발바닥으로 문지른 천권의 얼굴은 금세 지저분해졌다.

"에잇! 퉤퉤!"

천권이 짜증을 내며 한 손으로 진자강의 얼굴을 가격했다.

퍽! 퍽!

진자강도 코피가 터졌다. 하지만 진자강은 그 틈에 손을 뻗어 천권의 얼굴을 할퀴었다. 천권의 뺨에 긴 세 줄기의 혈흔히 생겼다.

"이 새끼, 죽여 버릴라!"

천권이 주먹을 들자, 진자강은 다리를 크게 올려서 천권의 턱을 다시 밀었다. 아까보다 자세가 안정되어 훨씬 강하게 밀쳐졌다. 천권은 얼굴이 밀려서 고개가 하늘로 젖혀졌다.

천권은 한 손으로 진자강의 목을 조르고 있었고, 진자강은 천권의 손을 붙든 채 발로 천권을 밀고 있는 상태가 계속되었다.

천권의 목은 하도 힘을 주고 있어서 얼굴이 부들부들 떨렸다.

"산 채로 데려와!"

위종이 소리 질렀다.

"놈을 산 채로 데려오라고!"

하지만 천권은 손을 풀지 않았다. 계속 같은 자세로 진자강의 목을 조르고 있을 뿐이다.

위종이 크게 노해 소리를 쳤다.

"천권, 네놈이 감히 내 말을 무시해?"

주위를 둘러싼 독문 인사들이 별수 없이 천권을 말렸다.

“천 방주! 곡주님이 말씀하시잖아.”

“곡주님이 노하시기 전에 얼른…….”

하지만 독문 인사들은 말을 하다 말고 화들짝 놀라서 뒤로 물러섰다.

천권의 눈이 뿌예져 있었다.

각막이 허연 것에 뒤덮인 것처럼 눈동자가 뒤집혔다!

“끄륵.”

뿐만 아니라 입에선 피거품까지 흘러나온다.

“천 방주!”

천권의 몸은 굳은 채로 서서히 뒤로 넘어갔다. 그제야 독문 인사들은 천권이 진자강을 잡고 있던 게 아니라 진자강이 놓아주지 않고 있었다는 걸 깨달았다.

천권은 경련을 일으키다가 피를 뿜으면서 죽었다.

진자강도 코피를 닦으면서 몸을 일으켰다. 젖은 몸에서 흥건히 물이 떨어진다.

독문 인사들은 경악했다.

천권이 어떻게 죽었는지 아무도 보지 못했던 탓이다.

발바닥? 천권의 얼굴을 문지른 발바닥에 독이 묻어 있었나?

도대체 어떻게 죽은 거지?

꿀꺽.

독문의 인사들은 빗물에 젖은 얼굴을 소매로 훔치면서 침을 삼켰다. 입술이 바싹 말라서 얼굴에 흐르는 빗물을 혀로 핥는 이도 있었다.

진저리가 났다.

살다 살다 이런 놈은 처음이다. 막싸움을 하는 걸 보면 고수도 아닌데, 독을 기가 막히게 쓴다.

어느새 독문 인사들의 얼굴에는 두려움이 깃들어 있었다.

"그, 그리고 보니 어디서 이상한 냄새가……."

"아까부터 구린내가 나긴 해."

"설마 그게 독을 푼 냄새는 아니겠지?"

진자강이 한 걸음을 내딛자 한 걸음을 뒤로 물러나는 독문 인사들이었다. 서로 진자강에게 가까이 가지 않으려 했다.

솔직히 말해서 이쯤 되면 대청 밖에 있는 정파 무인들 쪽을 뚫고 나가는 게 더 쉬울 것 같은 생각이 드는 것이다.

후두둑.

천장에서 새는 비를 맞으며 대청 안은 적막에 휩싸였다.

진자강은 길게 심호흡을 했다.

"후우."

그러곤 자신을 둘러싼 독문 인사들을 보며 손을 들었다.

흠칫!

독문 인사들은 또 진자강이 무슨 짓을 하나 싶어서 놀랐다.

진자강이 말했다.

"덤비지 않는다고 당신들이 살 수 있을 것 같습니까?"

"……?"

가까이 가지 않는데 왜 죽는단 말인가?

독문 인사들이 의아해하고 있는데, 진자강이 살기등등한 눈빛을 지으며 중얼거렸다.

"지옥에서 봅시다."

소름 끼치는 인사였다.

물론 상황에는 전혀 어울리지 않는다는 생각이 들었지만.

그런데 갑자기 독문 인사들 틈에서 신음이 튀어나왔다.

"크학!"

한 명이 핏줄이 잔뜩 돋아난 목을 붙들고 피거품을 물기 시작했다.

그야말로 독문 인사들을 깜짝 놀라게 한 일이었다.

"으아아아!"

그것이 시작이었다.

군데군데서 한 명씩 중독자가 나왔다. 눈이 피로 시뻘게져서 비명을 지르는 이도 있었다.

"끄악!"

"이, 이게 무슨!"

독문 인사들은 크게 동요했다.

자신의 바로 옆에 있던 동료들이 중독되어 죽어 가고 있다.

어느새?

진자강은 가만히 서서 손만 들었을 뿐인데!

도대체 언제 하독을 했다고 독문 인사들이 중독되어 죽어 가는가!

하지만 여기저기서 연이어 독문 인사들이 쓰러지고 있는 걸 보면 분명히 손을 쓰긴 쓴 것 같았다.

하나둘 시작되었던 숫자가 점점 늘어 가고 있다.

"끄, 끄아아아아!"

그건 그야말로 순식간에 벌어진 일이었다.

뒤에서 이를 지켜보던 위종조차 황망하게 만든 일이다.

"이이이!"

위종은 이를 씹었다.

우후죽순으로 피를 토하며 쓰러져 가는 저 독문의 인사들을 보라.

정작 독의 대가(大家)라는 위종은 아무것도 못 하고 있는데, 저 절름발이 놈은 그야말로 자유롭게 활개 치며 독문 인사들을 독살하고 있지 않은가.

저 죽어 나가고 있는 독문 인사들이 무력적으로는 그리 쓸모없는 놈들이라고 해도 각 지역을 장악할 수 있는 인물들이다. 저들이 없으면 운남을 유기적으로 움직이는 건 불가능하다.

"크아악!"

"우웨엑!"

그사이에도 독문 인사들은 계속해서 죽어 나간다.

뒤늦게 온갖 해독제를 먹고 피독단을 물어 보지만, 소용없는 일이다. 이미 중독되어 발발된 상태에서는 효과가 거의 미미하다. 게다가 죽어 가는 양상을 보니 보통 극독이 아니다.

이러면 내공이 어지간히 깊은 고수가 아니라면 살 수 없다. 저들 역시 누구보다도 그 사실을 잘 알고 있을 것이다. 살고 싶다는 마음으로 먹을 수밖에 없을 터이나…….

그래 봐야 죽는 건 마찬가지다.

위종은 멍해졌다.

머리를 망치로 맞은 것 같았다.

죽어 간다…….

운남 독문을 일으켜야 할 독문의 세력들이.

자신의 야망도 그들과 함께 죽어 간다.

모든 것이 거품처럼 허무하게 무너져 가고 있다. 위종의 끔찍한 얼굴이 더 일그러졌다.

"내가…… 내가 이 꼴이 되려고 그 작자들에게 협력한 줄 알아?"

태풍처럼 몰아치는 강호의 복잡한 대립.

그 와중에도 운남에서만큼은 간섭 없이 독자적으로 생존을 모색하려고 얼마나 기를 썼던가.

그간 애를 쓰고 해 온 자신의 고생이 모두 허사가 되어 가고 있는 순간이다.

다 끝난 것 같다.

하지만 사람이라는 게 참으로 무서운 동물이 아닐 수 없다.

위종은 자포자기한 심정임에도 불구하고 자기도 모르게 죽어 가는 이들의 면면을 살피고 있었던 것이다.

왜인지 궁금해서.

진자강의 어떻게 독을 쓰는지 알고 싶어서.

독공을 사용하는 자로서 상대방의 수를 읽지도 못한 것이 자존심 상해서.

그래서다.

한동안 멍하게 죽어 가는 독문 인사들을 관찰하던 위종의 머릿속에 퍼뜩 생각이 떠올랐다.

'음?'

독문의 인사들을 가만 보니 증상이 발발하는 순간부터 굉장히 빠르게 죽어 가고 있다.

이것은 오직 살상만을 위한 독.

이런 독이 운남에 몇이나 있겠는가 하는 생각이 든 것이다.

절름발이는 독곡으로 오던 철산문의 무사들을 유유정으로 죽였다.

암부의 독을 털어서 그것을 사용했다는 뜻이다.

그러나 이제껏 사황신수는 거의 쓰지 않았다. 유유정보다는 오히려 사황신수가 암부를 대표하는 독인데 말이다.

'설마…… 이것이 사황신수?'

지금 독문의 인사들이 당한 독이 바로 사황신수라고 하면?

'사황신수! 사황신수가 어딘가에서 도포되었다!'

어디냐!

위종은 눈을 부릅뜨고 사방을 두리번거리다가, 돌연 천장을 쳐다보았다.

뚝, 뚝.

천장에서 떨어지는 물방울이 자꾸만 얼굴을 때리고 있다.

위종은 혀를 내밀어 물방울을 받아 머금어 보았다.

명역독에 상해 미각이 거의 상실되어 있었으나, 미미하게 쇠 맛이 난다. 아주 약간의 비린내가 섞여 있다. 비에서 나는 비린내와는 약간 다른.

그제야 사황신수가 어디에서부터 왔는지 깨달은 위종이었다.

'이런 개 같은 일이 다 있나!'

위종은 바로 침을 모아 뱉었다.

비다. 위에서 새는 빗물에 독이 섞여 있다!

천장 아니면 지붕.

이유는 알 수 없지만, 거기에 사황신수가 잔뜩 도포되어 있었다.

도포되어 있던 사황신수가 지붕의 새는 빗물을 타고 떨어졌다.

그렇게 떨어진 빗물이 눈의 점막에, 귀에, 입술에, 땀구멍에…… 독문 인사들의 몸에 모조리 튀었을 것이다.

'아니, 잠깐?'

하지만 이상한 점이 있다.

사황신수는 여러 독을 혼합하긴 하였으나 주독이 뱀독이다. 사람의 살갗은 의외로 두꺼워서 뱀독도 단순히 몸에 묻는 정도로는 중독되지 않는다.

괜히 뱀에게 날카로운 이빨이 있는 것이 아니다. 이빨로 구멍을 내고 그 안에 독을 주입하는 것이다.

'천장에서 떨어지는 건 사황신수가 맞는데……?'

뭔가…… 뭔가가 더 있다.

이 빗방울에 다른 한 가지가 더 혼합되어 있다.

위종과 독문 인사들이 알지 못하는.

그때 위종의 눈에 독문 인사들이 무심코 하고 있는 행동이 들어왔다.

독문 인사들의 신경은 오로지 진자강을 향해 있다. 전부들 진자강만 쳐다보고 있었는데…….

긁적.

누군가가 목덜미를 긁고 있는 게 보인다.

긁적긁적.

그 옆에서도 누군가 팔뚝을 긁었다. 근처의 또 다른 누군가는 이마를 긁기도 하고 뺨을 긁기도 한다.

한데 거기에 언뜻언뜻 피가 비친다. 천장에서 떨어진 빗물에 핏물이 타고 흘러내린다.

그것을 보고 있는 위종의 눈에 의아함이 떠올랐다.

'저게 무엇이지?'

남이 긁는 걸 보고 있어서 그런지 위종도 괜히 팔이 간지러워졌다.

위종은 무의식적으로 팔을 긁으려다가 흠칫했다.

아무래도 이상하지 않은가?

팔 뿐만이 아니다. 팔다리며 등, 배가 죄다 간지럽다.

이게 그냥 아무 이유도 없이 간지러운 것이겠는가?

위종이 다시 독문 인사들을 보니, 처음엔 단순하게 긁던 이들이 점점 세게 긁고 있는 게 보인다.

벅벅 긁기까지 한다.

그들의 신경은 온통 진자강에게 쏠려 있었다.

대부분은 자기가 자기 몸을 긁고 있는 줄도 모르고 있다.

방금 위종이 그랬던 것처럼 그냥 무심결에 긁고 있는 것 이다!

피가 비치도록!

위종은 가만히 지켜보았다.

점점 세게 몸을 긁던 이들은 얼마 지나지 않아 몸을 이리 저리 뒤틀더니, 돌연 거품을 물었다.

중독!

위종은 벼락을 맞은 것처럼 눈을 치켜떴다.

이제야 원인을 깨달았다.

긁으면 죽는다!

그때에 몸을 긁는 현상은 완전히 번져서 대청 안에 있는 거의 모든 독문 인사들이 몸을 긁적이고 있는 중이었다.

가히 괴기스럽기까지 한 광경이 아닐 수 없었다.

모든 이들이 자신의 몸을 긁고 있다…….

위종은 내공까지 끌어 올려서 소리를 질렀다.

긁지마—!

위종이 내지른 고함 소리에 독문 인사들이 깜짝 놀라 돌아보았다.

몸을 긁으려던 독문 인사들은 놀라서 손을 멈췄다.

그러나 간지러움을 못 참고 이내 몸을 슬슬 꼬면서 살짝살짝 긁는 이들이 있었다.

위종은 다시 소리를 질렀다.

"긁지 말라고— 이 등신 같은 새끼들아—!"

독문 인사들이 움찔했다.

하나 간지러움은 쉽게 참을 수 있는 게 아니었다. 독문 인사들이 왜 그런지 모르고 입술까지 깨물면서 간지러움을 참았다. 긁지 않아도 피부가 벌게지고 있는 게 눈으로 보일 지경이다.

그러자 몇몇은 어쩔 수 없이 팔다리를 긁었다.

일단 긁기 시작하면 멈출 수가 없다.

사황신수가 아닌 다른 어떤 독 때문에 피부가 훨씬 약해져 있었다. 긁으면 부스럼이 생기고 껍질이 벗겨진다. 피가 난다.

투두두둑.

천장에서는 빗방울이 계속 떨어진다.

그게 독우(毒雨)임을 알지만 피할 길이 없다.

간지럽다.

위종도 팔다리며 등허리가 계속 간지럽다. 참기 힘들 정도로 간지러워 죽을 지경이다.

독우에 젖은 몸이 계속 소양감(搔痒感)을 일으키고 있다.

하지만 긁으면 죽는다.

긁어서 피부에 난 상처로 사황신수가 침투해서.

그게 사황신수가 중독을 일으킨 이유다.

"이 영악한 놈이……."

위종의 시선이 독문 인사들의 대청의 한가운데에 서 있던 진자강과 마주쳤다.

진자강은 담담한 표정으로 물었다.

"벌써 알아챘습니까?"

벌써라는 건, 명백한 조롱이다.

빠드드득!

위종은 이를 갈았다.

만일 이전에 조금이라도 의심스러운 기미가 있었다면 충분히 중독을 대비했을 것이다. 그러나 그런 건 전혀 없었다.

그래서 천장에서 떨어지는 빗물에 독이 섞여 있는 건 생각지도 못했다.

이것은 실수라고 하기에도 부당하다.

충분히 주의를 기울였는데도 어쩔 수 없이 당한 일인 것이다.

"이이……!"

위종은 분노 때문에 몸을 부들부들 떨었다. 독문 인사들은 소양감을 억지로 참으며 인상을 왕창 구기며 몸을 꼬고 있었다.

그들에 비하면 위종은 좀 나은 편이다.

얼굴이 명역독 때문에 녹아서 간지러움을 느낄 수가 없다. 맨살이 불타는 것처럼 아플 뿐이니까.

*   *   *

본래 진자강은 지붕에 사황신수를 도포할 생각을 했다. 기와를 얹으며 지붕 곳곳에 몰래 구멍을 내어 놓는다면 비가 왔을 때 빗물을 타고 사황신수가 대청 안으로 x떨어질 터였다.

그러면 대청 아래에 있는 전원에게 사황신수를 뿌릴 수 있었다.

그러나 그 방법에는 치명적인 단점이 있었다.

위종이 알고 있던 것처럼 사황신수는 뱀독 위주다. 뱀독은 살갗에 묻거나 소량을 먹는 것으로는 효과가 거의 없다.

빗물을 타고 독문 인사들의 몸에 떨어진다 해도 아무 일도
일어나지 않는 것이다.

그러니 지붕에 사황신수를 대량 도포해도 그것만으로는
무의미한 일일 뿐이었다.

그때에 발견한 것이……

바로 은행이었다.

위종이 궁금함을 참지 못하고 물었다.

"뭐냐…… 도대체 뭐냐고! 이건 무슨 독이냐!"

진자강은 위종의 외침에 순순히 대답해 주었다.

"압각수(鴨脚樹)."

압각수는 은행나무다. 잎이 오리발을 닮았다고 하여 압
각수라고 부른다.

"은행? 은행나무?"

위종이 못 믿겠다는 투로 말을 되씹었다.

다른 독문 인사들도 잠시간 이해하지 못할 표정을 지었
다.

그도 그럴 것이, 은행의 열매라고 하면 보통은 딱딱한 껍
질 안에 든 황백색의 속알을 생각하기 마련이다. 주로 은행
알은 구워 먹는데 그래도 다량 섭취하면 복통을 일으키고
간질을 유발하는 것으로 유명하기 때문이다.

진자강이 다시 말했다.

"압각수의 외종피(外種皮)."

"아……!"

그제야 독문 인사들이 알았다는 듯한 표정을 지었다.

은행나무의 열매에 부드러운 겉 과육은 맨살에 닿으면 상당한 가려움증을 일으킨다. 수포를 일으켜 껍질이 벗겨지게 하고 발적(發赤) 현상까지도 일으킨다.

"그, 그럼 이 냄새가……."

"크윽!"

아까부터 조금씩 났던 구린내.

그것이 압각수의 외종피 때문에 났던 냄새였던가!

워낙에 주변에 은행나무가 많아서 딱히 신경 쓰지도 못했던 일이었다.

진자강은 자신을 둘러싼 독문 인사들이 오만상을 다 찌푸리는 모습을 보며 말했다.

"보람이 있군요. 지독한 냄새를 참으며 수백 알도 넘는 은행 열매를 생으로 씹어 삼킨 보람이."

"으…… 으으."

독문 인사들은 참기 힘든 표정이 역력했다.

"참기 힘들면 긁으면 됩니다. 그럼 편해집니다."

진자강은 매우 친절하게 설명까지 해 주었다.

"당신들이 맞고 있는 이 빗방울에는 압각수의 외종피에서 추출해 낸 독과 사황신수가 섞여 있습니다."

단전에 남아 있던 사황신수를 거의 오십 광층 이상 뽑아 썼다. 단순히 계산해도 오백 명 이상을 죽일 수 있는 대량의 독!

그것이 은행 열매를 씹어서 뽑아낸 독과 함께 지붕 곳곳에 도포되어 비와 함께 흘러내리고 있었던 것이다.

"사, 사황신수!"

그제야 독문 인사들은 왜 동료들이 계속 죽어 가고 있었는지 알게 되었다.

사황신수라면 이 강렬한 살상력도 이해가 간다.

독문 인사들은 미칠 것 같았다. 간지러워 죽겠는데 시원하게 긁을 수도 없고 그렇다고 참자니 고통스럽기까지 하다.

"크, 크으……."

독문 인사들은 몸을 계속 꼬았다. 긁고 싶지만 긁으면 죽는다는 걸 아니 주먹을 꽉 쥐고 버텨야 했다.

이미 천장에서 떨어지는 빗물을 오래 맞은지라 허물이 벗겨지고 있는 이들도 있었다. 눈에 튄 이들은 눈에 염증이 생겨서 충혈이 되고 누런 기가 돌기까지 했다.

긁어도 죽고, 이대로 가만히 있어도 죽는다.

대청 밖으로 뛰어나가면 정파인들이 기다리고 있다.

그야말로 사면초가.

독문 인사들은 어찌할 수가 없어서 발만 동동 굴러야 했다.

"차라리……."

독문 인사들의 눈에 결심이 어렸다.

이 자리에서 계속 독우를 맞고 있느니 차라리 나가서 정파인들과 싸우는 게 더욱 살아날 가능성이 높아 보였다.

독문 인사들은 서로 눈치를 보다가 위종을 주시했다. 얼굴이 녹고 코가 무너져 끔찍한 몰골의 위종이지만 이럴 때 그가 뭐라고 말이라도 해 줘야 한다. 앞장서서 싸워 줘야 한다.

그래야 다 같이 움직이고, 살아날 수 있는 것이다.

위종도 독문 인사들의 바람을 모르는 바가 아니었다.

한데 그 와중에도 위종은 아직 궁금함을 완전히 해소하지 못했다. 위종이 녹아서 눌어붙은 살 사이에 가려진 눈을 빛내며 물었다.

"아니. 그것만이 아냐. 아직 더 있어. 또 하나는 뭐냐?"

위종이 다시 물었다.

"압각수의 외종피는 가렵게 하고 발적을 일으킬 뿐. 그것 때문에 팔다리를 긁는다고 피가 날 정도는 아니다."

"맞습니다."

진자강이 가만히 위종을 보더니 물었다.

"궁금합니까?"

"궁금하다. 네놈은 어차피 우리를 다 죽일 셈이 아니더냐? 그럼 이 정도는 알려 줘도 되겠지."

"잘 아시는군요."

진자강은 잠깐 말을 쉬었다가 대답했다.

"은행잎."

"……!"

그 순간 모든 궁금증이 해결된 위종이다.

은행잎은 피를 잘 통하게 하는 약으로도 종종 쓰이지만 동시에 피가 잘 멈추지 않게 만들기도 한다. 피의 흐름이 왕성해져 작은 상처에도 출혈이 나게 한다.

그러니까 천장에서 떨어지는 이 독우에는 세 가지 종류의 독이 섞인 것이다.

은행잎에서 추출한 독과 은행 열매의 외종피에서 추출한 독, 그리고 사황신수까지 세 가지.

그것들이 치밀한 작용으로 얽혔다.

은행 열매 외종피의 독이 피부를 간지럽게 만들고 피부를 약하게 한다. 약해진 피부 아래에 피가 모인다.

거기에 은행잎의 독이 더욱 핏줄을 민감하게 만들어 작

은 자극에도 출혈이 터지기 쉽게 만든다.

이른바 충혈(充血)의 상태다.

그때에 간지럽다고 긁게 되면 약해져서 충혈되어 있던 핏줄이 터져 버린다. 그 순간 손톱이나 살갗이나 빗물에 묻어 있던 사황신수의 독이 침투하는 것이었다.

그러니 어떻게 되든, 긁는 순간 죽는다.

위종은 감탄했다.

완벽하게 당했다. 당할 만하다. 이 정도로까지 치밀하게 독을 쓰면 당하는 것도 무리가 아니다.

하나 위종은 내색하지 않고 진자강을 노려보았다.

으드드득.

이가 절로 갈렸다.

"지독한 놈."

진자강은 위종을 빤히 바라보았다.

그런데 위종을 마주 보는 진자강의 눈썹이 조금 찡그려졌다.

위종의 표정이 변해 있는 것이다. 방금까지 절망과 고통에 시달리던 눈빛이 아니라 어느새 생기가 번들거린다.

진자강은 위종이 왜 갑자기 생기를 품고 있는지 깨닫고 기가 막혀 했다.

"지독한 건 내가 아니라 당신인 것 같습니다."

위종이 웃으면서…… 아니, 웃는지 알 수 없을 정도로 미미하게 입을 일그러뜨리면서 말했다.

"정말로 똑똑한 놈이구나. 죽이기가 아까울 정도다만, 내 얼굴을 이리 만들었으니 용서하진 못하겠다."

"용서를 구해야 할 건 내가 아니라 당신입니다. 하나 용서를 구한대도 달아나게 두지 않을 겁니다."

위종은 다시 웃었다. 역시 똑똑한 놈이다. 자기가 달아나려는 걸 대번에 알아챘다.

"그럴 순 없을 거야. 넌 죽을 테니까."

그에 비해 독문의 인사들은 왜 자신이 진자강과 이런 대화를 주고받는지 전혀 모르는 눈치였다.

위종은 한탄했다.

자기 밑에 이런 놈 하나만 있었어도…….

어쨌든 이미 지나간 일은 지나간 일일 뿐이다. 눈앞에 있는 절름발이는 이제껏 위종이 만났던 최고의 사신이었고, 재앙이었다.

그사이 독문 인사들의 참을성은 한계에 달했다.

"으으, 으으으."

원인을 알고 나니 개운할 것 같지만 그렇지 않았다.

알기 때문에 더 간지러워지는 것 같은 기분이다. 아니, 계속해서 천장에서 떨어지는 독을 맞고 있으니 실제로도 간지러움이 심해질 수밖에 없었다.

그중 눈에 빗물이 튀어 독이 들어간 독문 인사 한 명이 더 이상 참지 못하고 눈을 비볐다. 한 번 눈을 비비기 시작하자 멈출 수가 없었다.

그의 눈에서 피까지 흘러내렸다.

"으아아아아!"

처절한 비명.

그리고 입에 들어차는 피거품.

사황신수의 맹독이 순식간에 독문 인사를 죽음으로 몰아넣고 있었다.

독문 인사들은 그 모습을 똑똑히 보았다.

자기들도 간지러움을 못 참고 긁으면 저 꼴이 될 것이다!

그때에 위종이 움직였다.

"다들 대청에서 나가! 걸리적거리는 건 다 죽여 버려!"

기다렸다는 듯, 독문 인사들이 진자강을 내버리고 달아나기 시작했다.

"우와아아아!"

진자강이 암초라도 되는 것처럼 진자강을 피해 대청 밖으로 달려 나가는 이들이었다.

그래. 차라리 대청 밖의 정파 놈들과 싸우다 죽는 게 낫다!

혼란의 와중에 위종은 천천히 진자강을 향해 걸어갔다.

진자강도 잔뜩 경계한 채 위종을 쏘아보았다.

위종이 소매에 손을 넣었다.

그의 소매에는 세 종류의 암기와 열두 가지의 독 분말과 세 종류의 독수(毒水)가 있다.

밖에 있는 정파인들까지 모조리 몰살하고도 남을 만큼의 양이다.

얼굴은 이 지경이 되었어도 내공과 독은 고스란히 남아 있다. 독공을 쓰는 데에는 지장이 없다.

위종이 녹아 버린 입술을 이죽거리면서 악담을 퍼부었다.

"죽어라. 처절하게. 비명을 지르면서."

위종이 날아올랐다.

위종의 팔이 좌우로 연신 교차했다. 소매가 펄럭이면서 위종의 손 움직임이 완전히 가려졌다.

촤아악!

위종이 새처럼 팔을 완전히 펼친 순간.

위종이 숨기고 있던 옷소매가 완전히 열렸다. 보통 의복보다 훨씬 더 품이 넓고 긴 소매가 무려 세 갈래로 나뉘어 있었다.

대붕전시(大鵬展翅).

전설의 붕새가 거대한 날개를 펴다.

위종이 대붕이 된 것처럼 진자강의 머리 위를 날며 온갖 독을 퍼부었다.

네 종류의 독 분말을 뿌리고 독침 네 자루를 던지고 독수 한 병을 쏟았다.

그것은 그야말로 눈 깜짝할 사이에 벌어진 일이었다. 독이 사방팔방을 모두 점하고 있어서 몸을 굴린대도 피할 수가 없었다.

진자강은 심호흡을 했다.

흐읍.

한 모금의 호흡으로 내공을 만들어서 일수에 모든 걸 걸었다.

검지와 중지 사이에 독침을 끼우고 내공을 손끝에 집중했다.

퍼부어지는 독에 눈도 깜박하지 않고 정면으로 침을 던졌다.

혼신의 힘을 다한 비선십이지.

하지만 위종은 이미 진자강의 눈빛에서 숨겨 둔 한 수를 읽었다. 소매에서 침을 빼는 것도 보았다. 시선의 방향, 어깨와 손목의 움직임을 전부 확인했다.

만약 위종이 공격에서 삼 푼의 힘을 빼지 않았더라면 진자강이 던진 암기에 몸을 던져 스스로 맞는 꼴이 되었을지도 모른다.

하나 위종은 그렇게 아둔하지 않았다. 하수와 상대하며 공격 중에 삼 푼의 여유를 두는 것은 혹시나 모를 불상사를 방지하기 위해서다.

하수가 목숨을 걸고 덤비는 동귀어진(同歸於盡)을 받아 줄 이유가 없다. 하수가 던지는 목숨 따위보다 자신의 팔 한쪽, 손가락 하나가 더 귀한 것이다.

위종은 남겨 둔 삼 푼의 힘으로 공중에서 몸을 틀었다.

피이잉!

내공이 깃든 독침이 아슬아슬하게 위종의 목덜미를 빗나가 옷깃을 뚫고 하늘로 날아갔다.

암기를 던진 건 매우 적절한 순간이었으나 위종을 맞출 수 있을 만큼 정교하지 못했다.

그러나 위종이 퍼부은 독은 모두 진자강에게 쏟아졌다. 위종이 던져 낸 독침은 진자강의 네 곳 요혈에 모두 적중됐다.

그것도 모자라서 위종은 세 번이나 공중제비를 돌며 장력을 뿌렸다.

퍼퍼퍽!

퍽!

진자강의 몸이 난타되어 충격을 받고 흔들렸다. 장력이 독을 품고 진자강의 몸으로 파고들었다.

위종이 진자강을 넘어 착지했을 때, 진자강은 독 분말과 독수를 완전히 뒤집어쓴 채 입으로 울컥울컥 핏물을 뿜어 내고 있었다.

심장을 찢어 죽이는 분심독(分心毒), 허파를 쭈그러뜨려 숨을 멈추게 하는 소폐독(銷肺毒), 뇌를 곤죽으로 만드는 강뇌독(糨腦毒) 등의 독들이 전부 들어갔다.

그리고 위종이 숨긴 회심의 한 수도.

진자강이 뒤를 돌아보았다.

피에 물든 눈으로 진자강은 위종을 똑똑히 쳐다보았다. 피를 잔뜩 머금은 입술을 움직여 맹세했다.

"당신을…… 찾아낼 겁니다. 몇 년이 걸리든. 그리고…… 죽일 겁니다."

위종은 침을 뱉었다.

"개소리는 저승에나 가서 하고, 이제 그만 뒈지거라."

위종의 말이 끝나기가 무섭게 진자강은 그대로 고꾸라졌다.

아무리 제 몸에 독을 붓고 독문 인사들에게 덤벼든 진자 강이었지만 위종이 무식하게 퍼부은 독과 장력에는 버티지 못했다.

독 범벅이 된 채 입에서 피거품을 흘려 내며 간질에라도 걸린 것처럼 몸을 떨었다.

위종은 짧게 숨을 토했다.

"후!"

굳이 살리려고 하지 않았다면 이리 쉽게 처리할 수 있는 놈이었다.

이렇게 쉬운 놈이었는데.

그걸 굳이 산 채로 잡으려다가.

이놈 하나에.

독문이 망했다.

으드드득.

이가 갈렸다.

그야말로 백 갈래, 천 갈래로 찢어 죽여도 시원치 않은 놈이다.

그러나.

그래 봐야 의미가 없다.

지금 중요한 건 이미 죽은 놈이 아니다.

'중요한 건 내가 사는 거지!'

위종은 억지로 진자강에게서 신경을 끄고 시선을 돌렸다.

대청 밖에서 운남 독문의 인사들과 정파의 무인들이 격

돌했다.

암기와 독이 사방을 날고, 도검이 난무하고 있었다.

비명이 여기저기서 튀어나오고 있지만, 빗소리에 묻혀 울리지 않는다.

하지만 이 싸움.

이기지 못한다.

위종은 싸움의 결말을 예측했다.

하나 그냥 물러서면 위종도 살아남지 못한다.

그래서 위종은 가장 핵심적인 인물을 찾았다.

추효?

아니다. 추효는 지금 제 한 몸 건사하기에도 정신이 없다. 아들이 죽어 미친 듯이 칼을 휘두르며 싸우고 있으나, 저건 아무것도 아니다. 평소보다 대단한 기개를 보여 준다 한들 위종의 상대는 아니다.

다른 놈.

위종의 눌어붙은 눈이 싸움 한가운데를 향했다.

아까부터 팔짱을 낀 채, 아무것도 하지 않고 지켜만 보고 있는 놈이 있다.

죽립을 깊게 눌러써서 얼굴을 통째로 가리고 있는데, 바로 지척에서 피가 튀고 독이 묻은 암기가 날아다니는데 꼼짝도 않는다.

주변의 일이 자기와 전혀 상관이 없다는 듯한 태도.

'저놈이다!'

위종은 곧장 죽립인에게로 다가갔다.

"네 이놈!"

쏴아아아.

쏟아지는 비를 맞으며 위종은 눈에 불을 켜고 죽립인에게 쇄도했다.

대붕전시!

위종이 방금 전과 동일하게 허공으로 날아오르며 갖은 독을 살포했다.

몸의 정중앙을 가르는 임맥과 삼대 요혈에 독침을 날리고, 좌우로 독수를 퍼부어 움직임을 제한하고, 머리 위로 독분을 날려 퇴로를 차단했다. 갖은 독을 모두 퍼부어 댔다.

한데도 죽립인은 여전히 팔짱을 낀 그대로였다.

그림자 몇 개가 죽립인을 에워쌌다. 죽립인의 근처에서 싸우고 있던 네 명의 무인이었다.

네 명의 무인은 위종을 가로막고 손바닥을 뻗었다.

수십 개의 장영(掌影)이 허공에 벽을 쳤다. 하늘에서 쏟아지던 장대비의 빗방울까지도 사방으로 튕겨져 나가는 모습이 가히 장관이었다.

퍼퍼펑!

위종의 독이 장영의 벽을 뚫지 못하고 옆으로 튕겨 났다.

"우와앗!"

주변에 있던 독문과 정파의 무인들이 비껴 난 독 때문에 애꿎게 피해를 입었다.

다 타고 눌어붙어 흔적밖에 남지 않은 위종의 눈썹이 일그러졌다. 죽립인은 물론이고 자신의 독을 가로막은 저 네 명의 무인도 무공이 범상치 않아 보인다.

역시나 수상쩍은 것들이다!

하나, 위종은 고민하지 않았다.

네 무인이 나타났을 때부터, 그들의 손에 녹피 장갑이 아닌 청색의 얇은 피막 같은 장갑이 끼워져 있는 걸 본 때부터 이미 몸을 뒤로 빼고 있었다.

처음부터 이곳에서 달아나려고 작정했던 위종이다. 마주 싸울 이유가 없었다. 하여 네 무인이 위종의 독을 모두 사방으로 날려 버리고 났을 때, 벌써 위종은 반대쪽으로 몸을 빼내고 있는 중이었다.

네 무인들이 코웃음을 쳤다.

"껄껄! 한심하구만. 운남 독문의 최고수라는 백담향이 겨우 이 정도밖에 안 되다니."

"꽁지가 빠져라 도망가는 꼴이…… 음?"

네 무인들의 말은 계속해서 이어지지 못했다.

한 명이 갑자기 코피를 흘린 탓이다.

"어?"

"어디서 달달한 향기가……."

답답한 신음과 함께 한 명이 가슴을 붙들고 고꾸라졌다.

"크허억!"

그 옆에 있던 다른 하나도 굉장히 고통스러운 표정으로 가슴을 쥐어뜯었다.

"어, 언제! 끄, 끄으으윽!"

고통에 대해 훈련이 된 이들이었다. 한데 얼마나 고통이 심한지 비명을 참지 못하고 있는 것이다.

남은 두 무인은 당황했다.

죽립인이 짜증스러운 투로 말했다.

"수점산(手拈散)을 먹여라. 너희들도 마찬가지. 그대로 두면 심비(心脾)에서 피가 새어 죽는다."

"옛!"

두 무인은 재빨리 약이 든 작은 병을 꺼내 빗물에 수점산을 개었다. 한 포는 자신이 먹고 한 포는 쓰러진 동료에게 먹였다.

중독된 무인 둘은 연신 피를 게워 내다가 겨우 약을 먹을 수 있었다.

죽립인은 잠시 그들을 지켜보다가 위종이 달아난 쪽으로 시선을 돌렸다.

위종은 대붕전시를 펼치기 전에 암암리에 하독을 시전했다. 정말로 음험한 한 수였다.

방금 절름발이를 상대로 대붕전시와 동시에 독공을 펼쳤기 때문에 누구도 그가 대붕전시를 펼칠 때 독을 쓰지, 그 전에 하독을 미리 할 거라곤 생각하지 못했다.

위종은 대붕전시를 펼치는 척 소매로 손의 움직임을 가린 후, 내공을 써서 눈에 보이지 않는 미세 분말을 쏘아 댔다.

암경이었다.

암경에 미세 분말을 섞어 날렸다.

죽립인도 정확히는 보지 못했다. 냄새를 맡자마자 내공을 끌어 올리고 호흡을 차단해서 막았을 뿐이다.

그 후에, 그러니까 이미 독이 뿌려진 후에 무인들이 들어선 것이라 그중 둘이 중독되고 만 것이다.

비가 오지 않았다면 독이 훨씬 더 확산되어 넷 모두가 중독되었을 수도 있었다.

죽립인은 살짝 흡입했던 독기를 입 안에서 굴려 침에 모아 뱉었다.

"퉤."

약간의 피가 섞여 나왔다.

"제법."

하나 그럼에도 불구하고 죽립인은 위종을 쫓아가지도 않고 그의 뒷모습을 보고 있을 따름이었다.

여전히 팔짱을 낀 채로.

第三章

사의약모(簑衣箬帽)

비가 세차게 오고, 싸움은 치열했다.

때문에 위종은 뻔뻔하게 달아났음에도 별다른 이목을 받지 않았다.

위종은 경공으로 최대한 속도를 내서 달렸다.

내원을 통해 독곡을 가로질러 뒤쪽 산을 넘어 달아날 생각이었다.

촤악! 촤악!

벌써 비 때문에 곳곳에 웅덩이가 생겨 있어서 위종이 발을 디딜 때마다 물보라가 튀었다.

마지막에 그 죽립인과 네 무인들.

아무래도 어디선가 본 듯했다. 그런데 그들이 사용하고 있는 청색 박피수투(薄皮手套)가 너무 생소했다.

그것은 굉장히 고가이고 특수해 보이는 장갑이었다. 운남에서 통상적으로 독을 다룰 때 쓰는 장갑이 아니다.

'외부인!'

정파 놈들이 외부에서 사람을 끌어들였다는 위종의 추측이 맞다는 뜻이다.

문제는 그들이 누구냐는 것이었다.

당장은 알 수가 없었다. 어쩌면 위종이 익히 아는 놈들인지도 모른다.

어쨌거나 제대로 뒤통수를 맞은 셈이니까 지금은 달아나는 데 신경을 집중할 수밖에 없다.

"이 새끼들이 우리 독문을 없애려고 완전히 작정을 했어."

그렇지 않고서야 이렇게까지 상황이 극단적으로 치달을 수는 없는 노릇이다.

어디서부터 꼬인 걸까.

뭘 잘못했기에 이 지경이 된 걸까.

위종은 달리면서 눈가를 손으로 훔쳤다. 눈썹이 없어서 자꾸만 빗물이 눈으로 흘러들어 왔다.

분통이 터졌다.

얼굴이 이 꼴이 된 것도. 독곡이 박살 난 것도. 오랜 세월 키워 온 운남 독문이 통째로 날아가게 된 것도.

"절대로 그냥 두지 않겠다! 한 놈 한 놈 모두 찾아내어 젓을 담가 주마!"

위종은 이를 갈았다.

으드득, 으드득.

다행히도 아직까지는 뒤쪽에 추격하는 이들이 보이지 않았다.

주변에도 인적이 드물었다. 싸움이 시작되어 다들 달아난 모양이었다.

앞쪽에서 느긋하게 지게를 지고 가는 하인 한 놈을 제외하고는.

'저건 귀머거리인가? 왜 아직도 안 달아나고 있었어?'

하인은 지겟대를 짚고 대마 줄기를 엮어 만든 거친 도롱이인 사의(簑衣)를 걸친 채 조릿대로 엮은 삿갓, 약모(箬帽)를 썼다.

자신이 어디로 달아나는지 추적자들에게 알리고픈 마음이 전혀 없는 위종이었다. 목격자를 남겨 둘 수 없었다.

위종은 번개처럼 몸을 날려 하인의 뒤통수에 일장을 뻗었다.

위종에겐 별다른 생각이 없었다. 그냥 일격에 머리를 부쉬 놓고 달아나면 되겠지, 여겼을 뿐.

위종이 내친 일장이 약모를 때렸다.

펑!

빗물이 둥그런 구형(球形)으로 튀었다.

하지만 앞에는 아무것도 없었다. 치지 못했다. 위종이 뻗은 장은 허공을 쳤을 뿐이다.

위종은 자신의 눈을 믿기 어려웠다.

평범한 하인인 줄 알았던 사의인이 몸을 틀어서 일장을 피한 것이다.

더구나 피한 데에서 그치지 않고 자신의 팔뚝을 잡으려 했다. 갈고리처럼 구부린 손가락이 자신의 손등을 타고 올라왔다.

"뭣?"

팔뚝에서부터 팔꿈치까지는 위험한 혈도들이 많이 있다. 그 부분을 잡히면 온몸에서 힘이 빠져 순식간에 제압당하고 만다.

위종은 급히 팔을 구부려서 손목을 빙글 돌렸다. 사의인 역시 손목을 함께 따라 돌리며 손등을 바싹 붙여 왔다. 빗물 때문에 마주친 손등이 부드럽게 미끄러졌다.

위종이 그중에 돌연 손목을 튕겨서 손등으로 사의인의 손등을 때렸다.

따악!

손등끼리 부딪쳤는데 딱딱한 나무끼리 부딪친 소리가 났다. 위종의 얼굴이 일그러졌다.

'이게 무슨!'

상대의 공력이 만만치 않았다. 평범한 하인은커녕 자신의 생각을 상회하는 고수였다.

위종은 손바닥을 뒤집으며 반대로 사의인의 손목을 잡으려 들었다. 사의인이 손목을 옆으로 틀어 손날로 위종의 손바닥을 눌렀다.

위종이 손가락을 오므려 사의인의 장심(掌心)을 찍으려 했다. 사의인이 손가락을 모아 주먹을 쥐듯 그러쥐었다. 위종과 사의인 간에 손가락이 얽혔다.

타닥.

갈고리처럼 단단하게 구부린 손가락들이 서로 걸렸다.

위종이 힘을 주어 손가락을 당겼다. 내공이 깃들어 있으니 보통 사람의 손가락이 걸렸다면 뼈가 뽑힐 정도의 힘이다.

그러나 사의인의 힘도 보통이 아니었다.

걸그럭! 걸그럭!

힘줄까지 돋아난 둘의 손가락이 서로 걸려서 둔탁한 소리를 냈다.

위종은 손에서 힘을 뺐다. 손가락 사이로 물이 빠져나가 듯 사의인의 손에서 위종의 손이 빠져나왔다. 사의인이 곧바로 위종의 손을 따라가며 손가락을 튕겼다.

위종도 손가락을 오므렸다가 검지를 함께 튕겼다.

딱!

손가락의 마디끼리 부딪쳤다. 부러질 듯 아팠으나 멈출 수가 없었다.

사의인이 연신 손가락을 튕겼고, 위종도 마주 받았다.

딱! 따악!

위종은 이를 악물었다. 손가락끼리 부딪쳤을 뿐인데 온 몸이 다 찌르르 울렸다.

그래도 물러설 수가 없었다.

위종과 사의인은 계속해서 손가락을 튕겼다.

따닥! 딱! 딱!

허공에서 연속으로 서로의 손가락 마디가 부딪쳤다.

파앙! 팡!

손가락에 내공이 담겨 있어서 부딪칠 때마다 내리던 빗줄기가 둥근 파장으로 튕겨져 나갔다.

더 놀라운 것은 사의인이 여전히 한 손만을 쓰고 있다는 점이었다. 다른 손으로는 지겟대로 삼은 지팡이를 짚고 있었다. 그런데도 위종의 두 손을 막아 내고 있다.

따닥! 딱!

손가락에서 울리는 충격이 전신의 털을 곤두서게 했다.

먼저 신음을 내뱉은 것은 사의인이 아니라 위종이었다.

"끅!"

위종의 손가락 마디에서 뼈 깨지는 소리가 났다.

지끈!

위종의 검지 중간 마디가 꺾이지 않아야 할 방향으로 꺾였다. 이어 부딪친 중지의 마디도 깨졌다.

내공의 차이가 명백히 있었다.

위종은 등줄기가 오싹해지는 걸 깨달았다.

'나보다 고수!'

정상적인 손속을 주고받아선 이길 수 없는 상대였다. 하물며 위종은 추적자를 걱정해야 할 판. 시간을 끌면 더더욱 불리한 건 위종이었다.

위종은 멀쩡한 손의 엄지로 급히 자신의 뺨 아래를 눌렀다. 작은 어금니, 소구치(小極齒)가 뚝 부러졌다. 부러진 소구치의 아래에 심어 둔 독단(毒丹)이 굴러 나왔다.

위종은 독단을 침에 녹여 입 안에서 부러진 소구치와 함께 굴렸다.

호르륵.

그러곤 길게 숨을 들이쉬어서 휘파람을 부는 것처럼 볼

을 부풀렸다가 한 번에 힘을 주어 소구치를 뱉으려 했다.

이것은 위종이 가장 위급할 때에 사용하기 위해 준비해 둔 한 수로써, 결코 우습게 볼 위력이 아니었다. 부러진 이로 두꺼운 돼지가죽을 뚫고 살에 박히게 할 수도 있었다. 하물며 사람의 살가죽이라면 비할 바가 아니다.

날카롭게 쏘아진 이가 상대의 요혈에 틀어박혀 삽시간에 상대를 중독시킬 터였다.

하지만 위종이 미처 생각하지 못한 게 있었다.

얼굴이 녹으면서 입술이 타 버려서 입 안에 바람을 모을 수가 없었던 것이다.

슉!

뺨에 난 구멍으로 바람이 새었다.

자신의 잘못을 깨달은 순간 위종은 머리털이 곤두섰다.

아차 하는 사이 소구치를 뱉기도 전에 위종의 얼굴에 사의인의 손바닥이 와 닿았다.

쇠처럼 딴딴한 손이 과격하게 위종의 얼굴을 움켜쥐었다. 이미 코가 뭉개지고 얼굴이 녹아 있던 위종의 얼굴은 매우 미끄러웠다. 하지만 사의인의 손가락은 위종의 관자놀이와 이마, 광대에 단단히 틀어박혔다.

사의인은 그대로 밀어붙여 위종의 머리를 바닥에 처박았다.

쾅!

어찌나 강하게 때려 박았는지 위종은 뒤로 넘어가며 다리까지 들렸다.

사의인은 그 상태에서 다시 위종의 얼굴을 붙든 채로 들어 올렸다.

그러다가 한 번 더 내리꽂았다.

쾅!

사의인이 손을 놓아 주자, 위종은 그제야 비명을 낼 수 있었다.

"크헉!"

하마터면 입 안에 있던 소구치가 목으로 넘어갈 뻔했다.

위종이 정신을 차리지 못하는 사이에 사의인이 위종의 옆구리를 걷어찼다.

위종이 옆으로 굴러 엎어졌다. 사의인이 따라와 엎어진 위종의 왼쪽 팔뚝을 잡았다. 팔꿈치 옆쪽에 움푹 파인 곡지혈(曲池穴)을 틀어쥐었다.

팔이 뻣뻣해지면서 위종은 온몸에서 힘이 빠졌다. 이제 숨 한 번 쉴 시간이면 전신에서 힘이 빠져 고스란히 제압당할 판이다.

위종은 억지로 허리를 일으켜 오른손으로 왼쪽 어깨를 때렸다.

덜컥, 어깨가 빠졌다.

왼쪽 어깨를 강제로 탈구시켜서 전신에서 힘이 빠지는 걸 억지로 막은 위종이었다. 동시에 위종은 앞니로 부러진 소구치를 물었다. 그리고 내공을 그러모아 혀에 집중한 다음, 소구치를 강하게 튕겼다.

바람이 아니라 혀를 튕겨 소구치를 날린 것이다.

목표는 눈앞에 있는 사의인의 무릎이었다. 무릎 아래의 연골 사이에 소구치가 박히면 순식간에 독이 퍼진다.

하지만 어이없게도 위종이 힘들게 뱉어 낸 소구치는 사의인의 무릎에 부딪치더니 허무하게 튕겨 나가고 말았다.

딱!

"헛?"

이상한 소리.

소구치에 무릎을 맞은 사의인이 고개를 갸웃했다.

"으응?"

위종은 아연실색하여 사의인의 다리를 쳐다보았다.

무언가 기이하다.

도롱이 아래에 뻗은 다리의 옷이 왠지 모르게 횅하다.

비에 잔뜩 젖어서 다리에 들러붙었는데…… 어쩐지 뼈만 남아 있는 듯하다.

위종은 그나마 움직일 수 있는 손으로 사의인의 다리를

더듬었다. 사의인은 그것까진 막지 않았다.

감촉이 이상하다.

딱딱하고 가늘다.

사람의 다리가 아니라 나무 몽둥이 같다.

그것도 양쪽 모두.

"의, 의족!"

위종은 멍하게 위를 올려다보았다.

사의인이 약모의 끝을 짚고 슬쩍 올렸다.

사의인의 얼굴을 확인한 위종의 얼굴이 점점 일그러져 갔다.

그에 반해 사의인의 표정은 밝아지고 있었다.

사의인이 빙글빙글 웃으면서 놀란 투로 말을 내뱉었다.

"어이쿠, 깜짝이야. 하도 얼굴이 상해서 난 또 누군가 했네. 이거 위 곡주 아니시오?"

위종은 너무나 어이가 없어서 부르짖었다.

"망료!"

사의인의 정체는 망료였다.

위종은 아연실색했다.

왜 망료가 여기에 있는지보다 망료가 언제 이렇게 강해 졌는지가 더 의아했다.

"허허, 언제부터 사람의 이름을 함부로 부르는 못된 버릇이 있었소? 쯧, 사람이 예를 다해 정중하게 대해 주니까 주제도 모르고."

망료는 웃으면서 위종의 팔을 잡은 채 발로…… 딱딱한 의족으로 팔꿈치를 밟아 꺾었다.

우드득!

위종은 목에 핏대가 설 정도로 고통스러웠으나 이를 악물고 참았다. 한쪽 팔을 스스로 탈구시켜 빼 버리고 다른 팔은 방금 부러졌기 때문에 양팔을 모두 쓸 수 없게 되었다.

아니, 사실 탈구시킨 팔은 땅이나 벽에라도 부딪쳐서 억지로 끼우게 되면 쓸 수 있긴 하다.

망료가 다시 고개를 갸웃하며 말했다.

"반대쪽 팔은 필요 없어서 스스로 뺀 거요? 그럼 진작 말을 하지."

망료는 위종의 등허리를 짓밟고 탈구된 쪽의 팔을 잡았다.

"아, 안…… 안 돼!"

위종은 소름이 끼쳤다. 망료가 뭘 하려는지 안 탓이다.

"망료 이 미친 새……!"

우직.

우지직.

위종의 전신 털이 한꺼번에 쫙 일어섰다.

자신의 몸에서 들려온 이 불쾌하고도 끔찍한 소리!

망료가 위종의 팔을 힘껏 당겼다.

"으샤."

위종의 눈동자가 피로 물들었다.

끄 아 아 아 아—!

위종의 허리가 활처럼 휘었다.

위종은 목이 찢어질 것처럼 처절한 비명을 토해 냈다.

망료가 위종의 팔을 아무 데나 집어 던졌다. 위종의 몸통
에 붙어 있어야 할 팔이 물웅덩이 속에서 피를 뿜어내며 펄
떡거렸다.

위종은 고통으로 몸을 마구 뒤틀었다. 찢긴 어깨에서 피
가 철철 흘렀지만 반대쪽 팔은 부러져서 혈도를 누를 수가
없었다. 망료는 전혀 지혈을 해 줄 분위기가 아니었다.

"끅! 끄아아아아아!"

위종은 마구 버둥대다가 이빨로 비단 신발의 끝을 물어
신발을 벗고, 버선도 입으로 물어 벗어 던졌다.

발가락에 내공을 모아 억지로 들어 올려 어깨 근처의 혈
도를 찍었다. 추하게도 진흙탕 속에서 버둥거릴 수밖에 없
었으나, 방법이 없었다. 출혈로 죽는 것보다는 나은 일이다.

겨우겨우 큰 핏줄기만 멈출 수 있었다.

그 꼴을 보고 망료가 껄껄 웃었다.

"진흙탕 속에서 꿈틀대는 게 꼭 니추(泥鰍) 같구려!"

니추는 진흙에서 노는 미꾸라지다.

위종은 흉한 몰골이 된 얼굴에 시퍼런 힘줄이 터질 듯 돋은 채로 부르짖었다.

"네, 네 이놈 망료! 내게 무슨 억하심정이 있어서 나를 이리 대하느냐! 네가 나를 이렇게 악독하게 대할 이유가 있었더냐!"

"응? 뭐 사람 팔 하나 떼는 데 꼭 그런 이유가 있어야 하는 거요?"

망료가 손뼉을 쳤다.

"아아, 아니군. 있소. 있소이다. 생각이 났어. 그러고 보니 따질 게 있었소이다. 내가 성격이 좀 급해서 따지기도 전에 팔부터 뽑았구려. 이거 미안하게 됐소이다! 껄껄껄!"

위종은 이를 악물고 핏줄 선 눈으로 망료를 노려보았다.

망료는 위종을 신경도 쓰지 않고 '크' 하고 탄성을 내며 고개를 절레절레 저었다.

"예전에 말이오, 그러니까 한 팔 년 된 얘긴데, 그때 내가 다 지어 놓은 밥에 어떤 니추 새끼…… 아, 욕을 섞어서 미안하외다. 내가 그때 생각을 하니까 갑자기 감정이 복받쳐서……."

"이, 이놈이……."

망료가 마치 비밀 얘기를 하듯 위종에게 가까이 얼굴을 대고 말했다.

"아무튼 말이오. 그 니추 같은 새끼가 나한테 한마디 상의도 없이 다 된 밥에 흙을 뿌리는 바람에 생으로 팔 년을 날리게 된 적이 있었소이다. 한데 그래 놓고서 그 니추 같은 새끼가 껄껄 웃으면서 나한테 그러지 뭐요. 자기가 성격이 뭐 급해서 그렇다나? 덤으로 나한테 독까지 쓰고 처웃더구려."

망료가 위종에게 은근히 물었다.

"위 곡주님의 생각은 어떻소. 그런 육시랄 놈이라면 팔하나 뜯어도 부족하지. 아니 그렇소?"

"이…… 이……."

위종은 기가 막혀서 말도 하지 못했다.

팔 년은 더 된 일이라고 하는데 위종은 뭔지 기억도 나지 않는다. 그런데 망료는 위종이 자기를 무시했다며 그 얘기를 이제껏 속에 품었단 얘기다.

"으응? 그런데 왜 이렇게 나를 원망하는 얼굴이요?"

"네 이놈, 망료! 그걸 몰라서 묻느냐!"

"허어, 원망해야 할 사람은 내가 아니라 위 곡주 본인이올시다."

으드득.

"어디서 개소리를……!"

"아직도 모르시나? 그때 위 곡주가 석림방의 광산들을 폭파시켰잖소? 기억 안 나시오이까?"

위종의 눈이 가늘어졌다. 기억이 난다. 그때 망료가 미친 놈처럼 뛰쳐나가더니 무너진 갱도 앞에서 정신 줄을 놓고 줄곧 퍼질러 있던 것도.

"그때 갱도 안에 누가 있었겠소? 내가 겨우겨우 거기다 놈을 몰아넣어 놨던 거거든?"

망료가 뚱한 표정으로 위종을 쳐다보았다.

위종은 설마 싶었다.

이렇게까지 말하는 걸 보면 위종도 짚이는 게 있는 것이다.

망료가 안타깝다는 투로 말했다.

"절름발이요, 절름발이. 오늘 독곡을 작살내고, 곡주의 얼굴을 그렇게 만든 놈."

위종은 소름이 돋았다.

그러나 그건 망료의 말을 믿어서가 아니었다. 이런 정신 나간 놈의 말 따위 알 바 아니다.

위종은 떨어져 나간 자신의 팔 한쪽을 쳐다봤다.

절름발이 말고 한 놈이 더 있었다는 걸 방금 다시 자각했다. 사람들의 목과 팔다리를 마구 떼어 죽인 작자.

머리에 벼락이 친 듯하다.

"너…… 너……!"

망료를 쳐다보는 위종의 눈동자가 흔들렸다.

망료가 빙긋이 웃었다.

"뭘 짐작했기에 그런 눈으로 날 보시오?"

"네, 네 이놈! 네가 철산문을……!"

철산문의 문주 이하 문도 삼십 명, 그리고 독곡의 고수 두 명은 절름발이가 죽였다.

그리고 나머지 철산문의 본산 문도들은 망료가 죽였다!

석림방이 있던 촌락의 거주민들은 물론이고!

'이놈이 절름발이를 이용했어!'

하지만 위종은 길게 말을 이을 수가 없었다.

"철산문이 뭐 어쨌다고? 하아, 사람이 이렇게 작은 일에 연연하면 안 되는데. 위 곡주를 보면 자꾸만 그때 일이 생각나는구려. 자꾸만 감정이 복받쳐."

망료가 갑자기 위종의 눈두덩을 주먹으로 때렸다.

퍽!

내공도 싣지 않은 순수한 근력이다.

위종의 고개가 잠깐 옆으로 갔다가 원래대로 돌아왔다. 위종은 눈을 부릅뜨고 다시 망료를 노려보았다.

망료가 이를 드러냈다.

"내가 워낙 소인배(小人輩)가 되어 놔서 그러니까, 곡주께서 좀 이해하시오?"

망료는 지팡이를 내던지고 위종의 멱살을 잡아 들었다. 멱살을 당겨 위종의 고개를 들게 하더니 계속 주먹으로 쳤다.

퍽! 퍽!

"큭!"

주먹질에 내공이 깃들어 있지 않으니 몇 대 맞아도 죽을 지경은 아니다.

그러나 감정이 배어 있다는 게 물씬 느껴졌다.

맨주먹으로 때리고 있는 것이 오히려 위종의 자존심을 깔아뭉개고 있는 것이었다.

"마, 망료 이놈……!"

가뜩이나 엉망인 위종의 얼굴이 더욱 엉망이 되었다. 위종의 한쪽 눈두덩이가 금세 부풀어 올랐다.

"그러게 왜 잘난 척을 해. 왜 나한테 묻지도 않고 그런 일을 벌였어. 그냥 딱 한 마디만 먼저 물어봤어도 이런 일은 안 생겼을 거 아냐."

퍽! 퍽!

"너 때문에 다 잡은 놈을 눈앞에서 놓치고 팔 년을 기다렸잖아, 팔 년을."

퍼퍽!

"그래 놓고 웃어? 성격이 급해서 그렇다고 웃어? 고생한 사람 멀쩡한 병신 만들어 놓고 웃어?"

퍽퍽! 퍽!

"계속 웃지 왜? 웃어 봐. 지금은 웃음이 안 나와? 응?"

퍽퍽!

망료의 주먹에도 멍이 들고 까지며 피가 맺혔다. 그만큼 위종의 얼굴도 더 엉망이 되었다. 가뜩이나 독에 녹은 피부가 짓이겨져 피가 줄줄 흘렀다. 입술이 터지고 뺨도 부풀었다. 이미 뭉개진 코에서도 다시 피가 터져 흘렀다.

그제야 망료가 주먹질을 멈추고 웃었다.

"으하하하! 속이 좀 풀리는군! 역시 사람은 괜히 답답하게 가슴에 묻고 살면 안 돼. 암, 그러다 화병이나 나서 뒈지지."

망료는 또다시 위종에게 존대를 했다.

"자자, 위 곡주. 이제 슬슬 일어나 봅시다."

망료가 위종의 멱살을 치켜들었다. 위종의 정신은 아직 멀쩡하다. 위종은 그 와중에도 독기 어린 눈으로 망료를 노려보고 있었다.

"으응?"

망료가 멱살을 쥔 채로 다른 손을 힘껏 휘둘러 위종의 관자놀이를 쳤다.

빡!

급소를 제대로 맞은 위종의 눈이 풀렸다. 위종의 고개가 힘없이 떨궈졌다.

망료가 기절한 위종을 향해 못마땅하다는 투로 혀를 찼다.

"거 사람이 그렇게 뻣뻣하니까 매를 자초하잖소. 자존심 죽여야 할 때는 죽이고 살아야 하거늘."

껄껄껄!

망료는 한바탕 웃더니 지팡이를 주워 들었다. 이어 축 늘어진 위종의 멱살을 잡고선 질질 바닥을 끌며 내원을 가로질렀다.

*   *   *

아까보다 한결 약해진 빗줄기가 위종의 얼굴을 때렸다.

위종은 정신을 차렸다. 화끈거리는 얼굴로 주위를 보니 다시 대청 앞까지 끌려와 있는 중이었다.

독의 비릿한 냄새와 피비린내가 잔뜩 풍겨 왔다.

대청 앞은 조용했다.

싸움은 이미 한참 전에 끝난 모양이었다.

졌다.

독문의 인사들은 싸움에 패배했다.

망료가 위종을 내던졌다.

"곡주를 잡아 왔소이다."

위종은 무기력하게 바닥을 기었다.

조금 떨어진 곳에 있던 죽립인의 모습이 보였다.

곧 정파의 무인들이 근처에서 살아남은 독문 인사들을 포박하고 있다가 위종을 보고 몰려들었다.

그중에는 추효도 있었다.

추효가 위종을 보자 미간을 찌푸리며 대뜸 달려왔다. 위종에게 할 말, 혹은 하고 싶은 '일'이 많아서일 것이다.

한데 그 앞을 죽립인의 호위 무사 둘이 막았다. 나머지 둘은 운기 중인데 둘 다 안색이 좋지 않다. 위종의 독에 당한 탓이다.

어쨌든 죽립인의 호위 무사에게 가로막힌 추효가 분통을 터뜨렸다.

"당신들이 뭔데 나의 앞을 가로막느냐!"

호위 무사들은 물론이고 죽립인도 아무 말을 않았다. 추효가 망료 쪽을 쳐다보았다.

"형님! 제가 이제껏 형님의 체면을 보아 가만히 있었습니다만 더 이상은 못 참겠습니다. 이자들은 뭔데 아까부터 이러고 있는 겁니까!"

다른 정파의 무인들도 대부분 추효의 말에 동조하는 분위기였다. 싸움에 도움이 된 것도 아니고 그냥 가만히 구경만 하고 있었으니 좋게 보일 리가 없었다.

추효가 눈에 불을 켜고 죽립인을 노려보자, 죽립인도 망료를 한번 쳐다보았다.

망료가 약모를 들고 머리를 긁적였다.

"허어, 이거 서로 간에 좀 오해가 있는 모양일세."

"형님! 약속하지 않으셨습니까. 위 곡주의 머리를 잘라 사진이의 제사상에 올리기로요!"

"알지, 알아. 내 그 마음을 어찌 모르나. 하지만 일에는 순서가 있기 마련이야. 피를 봐서인지 너무 흥분한 모양일세. 좀 가라앉게."

망료가 문득 생각난 듯 추효과 정파 무인들을 둘러보고 물어보았다.

"한데 자네들, 괜찮나?"

추효가 억지로 화를 누르며 대답했다.

"형님이 주신 피독단 덕에 피해가 적었습니다. 그게 아니었다면 상당한 피해가 있었을 겁니다."

"잘됐군. 잘됐네."

독문의 인사들은 이미 대청에서 진자강에 의해 많은 수가 중독되어 있었다. 게다가 추효를 비롯한 정파 무인들은 피독단까지 물었다. 독을 주로 쓰는 공격이 잘 통하지 않거나 효과가 떨어졌다.

때문에 백여 명의 정파 무인들 중 사상자는 겨우 서른 남짓이었지만 독문은 백 명이 넘게 죽었다. 독문 인사들 중에도 살아남은 건 스물이 채 되지 않았다.

"잡은 독문의 인사들은 결박해서 한쪽에 꿇려 뒀습니다. 하지만 중독이 된 자들이 부지기수라 살아남을지는……."

"가만있자. 절름발이는 어떻게 됐나?"

"위 곡주의 독공에 당했습니다. 아마 죽었을 겁니다."

추효가 눈짓을 했다. 대청의 한가운데에 엄청난 양의 분말을 뒤집어쓴 채 쓰러져 있는 진자강이 있었다.

위종이 얼마나 독을 퍼부었는지 그 주변으로는 아무도 가까이 가려고 하지 않았다.

망료가 갑자기 웃었다.

"놈이 죽어? 껄껄껄껄. 그야 놈을 모르고 하는 소리지."

"예?"

"아닐세. 뭐, 그건 그렇고 슬슬 시간이 된 것 같은데……."

망료는 추적추적 비 오는 하늘을 괜히 한번 쳐다봤다가 입을 열었다.

"사실은 내 자네에게 사과를 좀 해야 할 일이 생겼다네. 자네가 이해해 주리라 믿어."

"무슨……."

망료가 침통하게 말했다.

"사실 조카는 절름발이에게 죽은 게 아냐."

"네…… 네?"

그 말에 정파 무인들도 조금 알쏭달쏭한 표정이 되었다. 추사진이 위종에게 사주받은 절름발이에게 죽었다고 해서 이리 나서지 않았던가.

그런데 그게 아니라면……?

정파 무인들이 엎어진 위종을 쳐다보았다. 하지만 위종의 얼굴은 워낙 엉망이 되어 있어서 표정을 알아볼 수가 없었다.

상룡문의 문주 부용이 나섰다.

"아니, 이게 지금 무슨 어이없는 소리야. 일을 이 지경까지 만들어 놓고 정작 흉수가 절름발이가 아니라고?"

망료가 침중하게 고개를 끄덕였다.

"그럼 누구요?"

"나야."

그 순간 장내가 얼어붙었다.

쏴아아아.

빗소리만이 장내를 감돌았다.

부용이 당황해서 다시 확인차 물었다.

"누구라고? 추사진을 당신이 죽였다고?"

망료가 다시 끄덕였다.

청운검파의 미염공이 노한 목소리로 고함을 쳤다.

"농지거리도 정도가 있소이다! 대체 갑자기 그런 소릴 하는 이유가 뭣이오!"

망료가 길게 한탄하며 대답했다.

"나라고 긴 세월 친조카처럼 돌봐 왔던 아이를 죽이는 일이 쉬웠겠소이까? 하지만 대의를 위해서 작은 희생은 늘 필수 불가결한 것이오."

망료는 그때를 생각하면 안타깝다는 듯이 한숨을 쉬며 고개를 젓기도 했다. 정파 무인들은 어이가 없어서 입을 벌리고 다물지 못했다.

정말 황망하기 그지없었다. 망료의 저 말투나 표정은 정말로 추사진을 죽이지 않고는 나올 수 없는 것이었다. 아무리 봐도 장난이나 농담이 아니었다.

추효는 손까지 떨었다.

"혀…… 형님. 지금 하신 말씀이…… 사실입니까?"

"내 말했잖은가. 사과를 해야겠다고. 아 참, 그리고 조카며느리도 스스로 목을 맨 게 아닐세. 한사코 죽지 않으려 하기에 내가 좀 도와줬어. 아이만은 살려 달라고 하는데 참 마음이 아팠다네."

추효는 멍하게 망료를 쳐다봤다. 지금의 망료는 추효가 알던 팔 년간의 망료와는 전혀 다른 사람이었다.

추효는 도무지 지금의 일을 받아들일 수가 없었다.

"형님…… 제발…… 거짓말이라고 말해 주십쇼. 실없는 농담이었다고 해 주십쇼…… 안 그러면, 그러지 않으면…… 제가 형님을 죽여 버릴지도 모릅니다."

망료는 남의 얘기하듯 고개를 까딱였다.

"그럼 그럼, 나도 이해하네. 나 같아도 동생의 입장이었다면 그랬을 게야. 하지만 어쩌겠나, 사실인걸. 이미 이렇게 된 이상 현실을 받아들여야지."

추효의 얼굴이 시뻘겋게 달아올랐다. 두 눈은 충혈되었다가 터져서 피까지 차올랐다. 심마가 찾아와 주화입마하기 일보직전이었다.

사태가 심상치 않다는 걸 깨달은 정파 무인들이 굳은 얼굴로 망료와 죽립인을 가운데 두고 포위하기 시작했다. 죽립인의 호위 무사 넷이 죽립인의 사방을 경계했다.

살기가 장내를 휘감아 돌았다.

그럼에도 망료는 그들은 안중에도 없이 하늘을 보며 혼잣말을 했다.

"거 슬슬 비 좀 그치지. 귀찮아 죽겠네."

으드드득!

추효가 부서져라 이를 갈았다. 칼끝이 심하게 떨렸다.

"왜……! 왜!"

추효는 아직까지도 인정하지 못하고 있었다. 망료는 문주가 죽고 오조문이 가장 어려웠던 시절 자신을 물심양면으로 보살펴 준 은인이다.

심지어 부친의 장례도 망료가 치러 줬다.

그런 망료가 아무 이유도 없이 자기를 배신했다는 걸 갑자기 어떻게 받아들일 수 있겠는가.

그때, 위종이 웃었다.

"크흐흐흐."

추효가 눈에 불을 켜고 위종을 노려보았다.

위종은 비 때문에 피가 뚝뚝 떨어지는 얼굴로 이죽거렸다.

"이제 알겠군. 여기 있는 모두가 이용당한 게야. 나도…… 당신들도…… 망료도……."

"으음?"

위종의 말에 망료도 의아한 얼굴 표정을 지었다.

자기가 왜?

위종의 시선이 죽립인을 향했다.

"저기 저자가 바로 이 모든…… 일을 꾸민 장본인이다. 추문주의 집안을 파탄 내라 망료에게 명령한 것도, 우리 독문을 몰살시키라 한 것도 모두 저자의 간교한 이간질 때문이었어."

추효가 고개를 돌려 죽립인을 쳐다봤다.

아까부터 죽립인의 태도가 이상했기에, 위종의 말이 굉장히 설득력이 있었다. 즉, 추효와 망료를 비롯한 정파 무인들이 저자에게 농락당했다는 기분이 든 것이다.

거기에 위종이 교묘하게 말을 엮어 넣으니, 정신적인 충격이 심했던 추효는 한순간 이성의 끈이 끊기고 말았다.

"저놈이 형님을…… 내 아들과 손자를 죽이라고 명령했어?"

죽립인을 바라보는 추효의 얼굴이 광기에 물들었다.

추효의 눈이 홱 돌아갔다. 심마에 빠진 것이다.

망료는 아무 잘못이 없다. 망료를 부추긴 죽립인이 죽일 놈이다!

아니, 사실은 대상이 무엇이든 상관없었다.

누구라도 쳐 죽여서 지금의 울분을 터뜨리고 싶은 심정이다!

"으아아아아!"

추효가 번개처럼 검을 휘둘렀다.

죽립인을 향해서였다.

죽립인의 호위 무사가 추효의 앞을 가로막고 단검으로 추효의 검을 쳐 냈다.

챙!

호위 무사는 위종의 독에 당해 핼쑥한 안색이었는데, 그럼에도 불구하고 추효의 검을 충분히 받아 낼 정도의 무공을 가지고 있었다.

한데 그 순간에 위종이 움직였다.

위종은 발목에서 숨겨 둔 작은 비수를 이빨로 뽑아내어 위로 뱉어 냈다. 그러곤 몸을 일으켜 발로 비수를 걷어찼다.

위종이 남은 힘을 모두 짜내 펼친 한 수였다. 그 한 수는 뜻밖에 죽립인도 망료도 아닌 추효를 막은 호위 무사를 향해 있었다.

본래 위종은 망료와 추효의 관계 따위는 관심도 없었다.

어차피 몸도 만신창이가 되었고 살아남기도 요원해졌다.

그러나 죽기 전에 한 가지는 알아야 했다.

망료가 왜 이런 짓을 저질렀는지, 의도가 무엇인지, 배후에 누가 있는지.

그게 궁금해서라도 눈을 감지 못할 것 같았다.

물론 망료가 순순히 알려 줄 리 없다.

그렇다면 죽립인의 정체를 알아내는 것이 그 모든 일의 해답을 찾아내는 가장 빠른 길일 것이다.

하여 추효를 부추겼다.

막말로 독문 전체를 깡그리 몰살시킬 작정을 하고 온 작자가 무슨 오조문 따위의 집안을 파탄 내라고 명령했겠는가. 망료가 무슨 피해자인가. 딱 봐도 가장 선두에 서서 일을 진행한 놈인데 말이다.

모두가 죽립인의 정체를 알아내기 위해 살짝 꼬드긴 말일 뿐이었다.

이미 자신의 힘으로는 불가능하고, 추효가 죽기 살기로 덤벼들면 하다못해 사용하는 무공이나마 알아볼 정도는 될 터. 그래서 추효를 가로막은 호위 무사를 공격한 것이었다.

죽립인이 처음으로 소리를 냈다. 호위 무사에게 경고를 보낸 것이다.

"흑삼(黑三)!"

흑삼이라 불린 호위 무사가 급히 신법을 펼치며 몸을 돌렸다. 그러나 이미 몸이 좋지 않은 상태였기에 반응이 늦었다. 호위 무사의 엉덩이에 위종이 날린 비수가 깊숙하게 박혔다.

호위 무사의 몸 반쪽이 순간적으로 경직되었다.

그 틈을 놓치지 않고 추효가 검을 휘둘렀다. 호위 무사의 앞가슴이 쩍 갈라지며 피를 뿜었다.

"크악!"

추효는 피를 뒤집어썼으나 아랑곳 않고 호위 무사를 어깨로 들이받아 죽립인 쪽으로 밀었다. 그러면서 그대로 호위 무사의 배에 검을 찔러 넣고 쇄도했다. 호위 무사와 죽립인을 함께 꿰뚫어 버릴 듯한 태세였다.

"으아아아아!"

추효가 전력으로 호위 무사를 밀어붙이며 기합을 질렀다. 한낱 호위 무사조차 추효의 검을 받아 냈으니 그 주인을 어지간한 방법으로는 곤란하게 만들 수 없다는 걸 알고 있었다.

죽립인은 둘의 무게를 받아 내다가 엉키거나, 아니면 피해야 하는 상황이었다.

"쯧!"

죽립인이 혀를 차면서 죽립을 잡더니 반대쪽으로 허리를 틀었다. 그러고는 그대로 팔을 휘둘러 죽립으로 호위 무사와 추효를 쳐 버렸다.

펑!

빗방울이 사방에 퍼져 뿌연 물보라를 일으켰다.

"크, 크억!"

호위 무사와 추효는 한 덩어리가 되어 막대한 힘에 얻어맞고 바닥에 널브러졌다. 겨우 댓살로 엮어 만든 죽립에 맞았을 뿐인데, 허리가 옆으로 꺾여 있었다.

"컥, 끅."

추효는 심한 고통으로 입도 다물지 못하고 손가락 하나

까딱 못한 채 몸을 떨었다.

어마어마한 공력……!

죽립인은 눈 깜짝할 사이에 다시 죽립을 썼다.

그의 동작이 너무 빠른 데다 빗물이 튀며 얼굴을 가려 확인할 틈이 없었다. 그러나 위종은 이미 그때에 죽립인의 정체를 짐작해 냈다. 죽립인이 움직이는 동안 비옷 사이에 가려졌던 소매의 문양을 확인했다.

위종의 얼굴이 경악으로 일그러졌다.

"망— 료—! 이 아비어미도 없는 천하의 쌍놈 자식! 네가 지금 우리를 어디에 팔아먹은 건지는 알고 이러는 거냐!"

"얼씨구?"

망료가 민망하다는 투로 죽립인을 바라봤다.

"저 친구가 눈치가 좀 빠르구먼. 이해해 주시오, 공자."

죽립인이 불만스러운 말투로 말을 내뱉었다.

"일 처리가 깔끔하지 못하군?"

"에이, 그건 꼭 내 탓만은 아니올시다."

망료가 느물느물하게 죽립인의 탓을 했다.

"굳이 가릴 필요가 없는 얼굴을 가리고 있는 공자의 탓도 있는 것이오. 사람이란 모름지기 가리고 있으면 꼭 들춰보려고 발악을 한단 말이외다. 아니, 어차피 다 죽일 놈들인데 왜 굳이 얼굴을 가린단 말이오?"

죽립 아래로 살짝 드러난 죽립인의 입이 하얀 이를 드러내며 웃었다.

"하찮은 것들 앞에서 얼굴을 보이라는 것인가?"

"어허, 내가 그 생각까진 못했구려. 그래도 그렇게 너무 몸을 사리다간 실수하는 수가 있소. 나같이 하찮은 놈의 말도 들어 두면 가끔 쓸모가 있는 법이외다, 공자."

"잔소리는 그만. 본인의 수하가 죽었다."

"안타깝게 됐소. 뭐, 조금만 기다리시오. 나도 상황이 이렇게 될 줄은 몰랐소이다."

"망료!"

위종이 부르짖었다.

"아직도 할 말이 있나?"

"네놈도…… 운남 독문의 사람이야. 우린 모두 운남 독문의 형제들이고! 나는 운남 독문의 독립에 평생을 바쳤다. 그런데…… 그런데 네놈이 내가 기껏 보존한 운남 독문을 통째로 사천에 팔아먹어?"

망료가 위종을 내려다보며 싸늘하게 말했다.

"운남 독문이 그렇게 중요했으면 진작 내 말을 들었어야지."

"뭐? 네놈이 무슨 말을 했다는 것이냐?"

"절름발이를 잡으려면 천라지망을 펴야 한다고 했어, 안

했어. 그랬더니 나한테 건방지게 끼어들지 말라며 하독을 했지, 아마?"

위종이 이를 갈았다.

"내게 원한이 있으면 나한테 풀었어야지! 우리 독문의 형제들이 무슨 잘못이 있다고!"

"쯧쯧, 작은 오해가 있는 모양인데. 운남 독문? 그게 나와 무슨 상관인가? 운남 독문 따위 없어지든 말든 나는 별로 신경 안 써."

"뭐, 뭣이?"

망료가 아련한 듯한 표정으로 비가 오는 어두운 하늘로 시선을 돌렸다.

"나는 그저 놈이 처참하게 죽어 가는 걸 보고 싶을 뿐이야. 이왕이면 아주 높은 곳에서 떨어져 비참하게 죽어 버리는 걸 보고 싶은 게야. 그거면 족해. 그 외에는 아무 의미도 없어."

위종은 말을 잃었다.

도대체 망료가 무슨 말을 하는지 알아먹을 수가 없었다.

"미친놈."

욕을 먹은 망료가 짜증이 섞인 눈으로 위종을 쳐다보았다.

"알았으면 이제 죽어. 귀찮으니까."

망료가 죽립인을 보자, 죽립인이 고개를 살짝 끄덕였다.

위종은 그제야 알았다. 왜 자신을 굳이 살려서 데려왔나 했더니 죽립인에게 확인을 시켜 주기 위해서였던 모양이다.

망료가 발을 치켜들었다. 위종은 죽음을 직감했다.

'이렇게 허무하게 죽을 수가 있나.'

아직 할 일이 잔뜩 남았는데…… 해야 할 일도 많은데 말이다…….

그런데 무심코 옆으로 고개를 돌린 위종은 희한한 광경을 목도했다.

쿵. 쿵.

정파 무인들이 하나둘 쓰러져 가고 있었다.

그것도 연속적으로.

빗소리 사이로 비명 소리도 없이 하나둘 목석이 되어 쓰러져 가는 건 매우 기괴한 광경이었다.

위종은 자신이 잘못 본 줄 알았다.

그러나 죽어 가고 있는 게 정파인들이 맞았다. 자신들끼리도 놀라서 난리가 났다.

위종은 탄식이 나왔다.

저들이 왜 죽어 가고 있는지 그 이유보다도 이후에 벌어질 일들이 떠올랐기 때문이었다.

여기 모인 이들이 누구인가.

운남의 독문 대부분과 정파 문주 대다수다.

그들이 한자리에서 다 죽는다?

"하⋯⋯."

위종은 쓴웃음이 나왔다.

자기가 생각하는 것보다 훨씬 더 일이 거대하게 진행되고 있다는 걸 깨달았다.

이것이 비단 운남에서만의 일일까, 아니면 운남에서 시작된 일일까.

모르겠다. 하지만 앞으로 강호 무림 전체가 격랑(激浪)에 시달릴 거라는 건 알 것 같았다.

"하하하⋯⋯ 으하하하하!"

위종이 웃자, 망료가 발을 치켜든 채로 고개를 갸웃거렸다.

"으응? 죽을 때가 되니까 머리가 돌으셨나? 왜 처웃는 거요?"

위종은 망료를 올려다보며 입술을 이죽거렸다.

감당하기도 힘들 일에 뛰어든 망료에게 다시 한마디를 하지 않을 수 없었다.

"미친놈⋯⋯."

망료의 미간이 찌푸려졌다.

"알았다니까."

내공이 실린 망료의 발바닥이 위종의 얼굴을 덮었다.

우지끈.

　　　　　　＊　　　　＊　　　　＊

　죽립인의 호위 무사 셋이 정파의 무인들을 학살하기 시
작했다.

　정파 무인들은 피독단, 아니 피독단 안에 숨겨진 진짜 독
단에 중독되어 제대로 반항도 하지 못하고 짚단처럼 허무
하게 죽어 갔다.

　포로로 잡혔던 독문의 인사들이나 독문의 하인, 시비들
도 마찬가지였다. 호위 무사들은 눈에 보이는 자는 가리지
않고 모두 죽였다.

　비에 잠시 씻겨 나갔던 피비린내가 다시 지독하게 풍겨
왔다.

　망료는 죽어 가는 정파의 무인들을 쳐다봤다가 바닥에
쓰러진 추효를 봤다. 추효는 아직도 못 믿겠다는 표정으로
망료를 애타게 바라보고 있었다.

　추효는 이미 상황 판단을 할 수 있는 상태가 아니었다.

　사람이 너무 큰일을 연거푸 겪으면 멀쩡한 이도 제정신
을 유지하기 어렵다 했던가.

　망료를 보는 추효의 눈동자가 흐릿해진 것이, 이미 온전
한 정신이 아니라는 걸 알 수 있었다.

　망료는 추효에게 다가가 지팡이를 놓고 쪼그려 앉았다.

그러곤 슬픈 표정으로 추효의 얼굴을 다정하게 쓰다듬어
주었다.

"친구들이 죽어 가는 걸 보니 내가 준 피독단을 잘 나눠
준 모양이야. 잘했어."

"으, 으으으……혀, 형님."

추효의 눈과 코, 입에서도 피가 흘러나오기 시작했다.

망료는 괜찮다는 투로 추효의 얼굴을 토닥였다.

"미안해. 많이 아프지? 조금만 참아. 금방 아프지 않게
될 걸세."

망료가 슬픈 눈으로 추효를 위로하는 모습은 정말로 동
생의 죽음을 앞에 둔 형의 모습과도 같았다. 그러나 망료가
무슨 짓을 하였는지 아는 이들이 본다면 소름이 끼칠 광경
이었다.

"혀, 형님. 제 아들…… 제 아들이 죽을 때 어떤 모습이
었습니까?"

"사진이는 아주 남자답고 당당하게, 그리고 편안하게 갔
네. 고통은 없었을 거야."

"아아…… 다행……."

하지만 말을 하던 추효의 얼굴이 일그러졌다.

"그런데 사진을 죽인 건……! 사진이를 죽인 건!"

"어허, 이 사람아. 자꾸 가슴 아픈 얘기 하면 뭐하나. 그

만하고 이제 슬슬 가시게."

망료의 두 손이 추효의 머리를 감쌌다.

망설임 없이 손을 틀었다.

우드득.

추효의 목이 돌아갔다.

망료는 추효의 눈을 감겼다.

망료의 눈에서 눈물이 흘렀다.

그건 분명 내리는 비 탓은 아니었을 터였다.

죽립인이 어이없다는 듯 한마디 했다.

"슬프오? 아까는 그리 잔인하게 내치더니…… 어떤 게 망 고문의 진짜 모습인지 궁금하구려."

망료는 지팡이를 짚고 일어서며 눈물을 훔쳤다.

"의제(義弟)가 죽었는데 형의 입장에서 어찌 슬프지 않겠소이까. 그래도 죽기 전에 사과할 수 있어서 다행이었소이다. 이젠 밤에 발 쭉 뻗고 편히 잘 수 있겠구려."

"그 말이 더 소름 끼치는군."

울던 망료의 표정이 급변해 웃었다.

"껄껄껄! 그게 공자가 내게 할 말이외까?"

"알았으니 이제 그만 하시지. 빈정거림도 지나치면 기분이 나쁘거든."

죽립인은 다소 굳은 말투로 말을 내뱉고는 고개를 돌려

버렸다.

"알겠소이다. 나도 슬슬 호광성으로 올라가 보고를 해야 할 것 같소."

이제 상황은 거의 정리가 되어 가고 있었다.

죽립인이 호위 무사들에게 다시 명령했다.

"하인이고 뭐고 산 놈은 아무도 없게 철저히 확인해라."

"예!"

이제 독문의 회합에서 살아남은 건 망료와 죽립인, 그리고 호위 무사 셋뿐이 될 것이다.

아니.

한 명이 더 있다.

가겠다면 망료가 두리번거리면서 대청으로 걸어갔다.

망료는 대청을 돌아다니다 자신이 찾고 있던 이를 발견했다.

진자강은 온몸에 독을 뒤집어쓴 채 쓰러져 있었다.

얼마나 독을 뿌렸는지 독 분말이 끈적하게 들러붙었다. 망료도 진자강에게 섣불리 손을 대는 게 꺼려질 지경이었다.

"왜 아직까지 일어나지 못하지?"

망료는 진자강의 옷에 묻은 독을 손에 찍어 살짝 맛봤다.

얼굴이 금세 찌푸려졌다.

진자강이 정신을 못 차리는 이유를 알았다.

"미혼약(迷魂藥)도 섞었나? 정말 섬세한 성격이라니까."

제법 고수라 자부하는 자들도 독은 버텨 내지만 미혼약에는 종종 당하곤 한다.

미혼약에 당해 정신이 똑바르지 못하게 되면 내공을 일으켜서 독을 이겨 내야 한다는 생각 자체를 못하게 되는 경우가 많기 때문이다.

위종은 진자강이 자신의 몸에 독을 쏟아서 싸우는 걸 봤다. 그래서 혹시나 자신의 독에도 대항할까 봐 미혼약을 섞어 둔 것이다.

안타깝게도 결국 그는 진자강이 아니라 망료에게 잡혔지만.

여하간 진자강도 미혼약까지 이겨 내진 못했다. 오히려 미혼약의 효과가 급격하게 발발해 인지 능력이 순간적으로 완전히 떨어져 버린 상태가 되었다.

진자강은 비몽사몽간에 혼미한 상태로 숨을 몰아쉬고 있었다.

"미혼약이라……."

망료의 입가에 미소가 맺혔다.

망료는 지팡이로 진자강의 옷을 걸어 대청 밖으로 끌고 나왔다. 내청의 지붕 처마 끝에서 낙숫물이 줄줄 떨어지는 곳에 진자강을 걸쳐 놓았다.

낙숫물에 독이 어느 정도 씻겨 나가자 망료는 진자강의 귀에 입을 가까이 대고 말을 했다.

매우 흡족한 미소를 지으며.

"고생했다. 앞으로도 기대하마?"

그러나 진자강은 그 말을 알아들었는지 아닌지, 흐리멍덩해진 눈동자로 멍해져 있을 뿐이었다.

"망 고문."

죽립인이 망료를 불렀다. 어느새 호위 무사들은 독곡의 모든 사람을 죽이고 돌아와 있었다.

자신의 동료 시신을 수습하며 흔적을 지우는 중이었는데, 워낙 비가 오고 피가 흘러서 흔적을 지울 필요조차 없어 보였다.

"우린 이만 돌아가야겠소."

"아아, 잘 돌아가시구려. 멀리 안 나가외다. 이놈은 내가 알아서 처리할 테니 걱정 마시고."

죽립인이 다소 짜증 섞인 투로 말했다.

"고문이라면 후환을 남겨 두는 멍청한 짓은 안 하겠지. 그리 믿어도 되겠소?"

"후환이라니?"

망료는 흐리멍덩한 진자강의 머리를 쓰다듬으며 이를 드러내고 웃었다.

"후환이라는 건 살아 있는 사람이나 앞날을 생각하며 두려워하는 것 아니오? 나는 이미 구 년 전에 죽은 몸이올시다."

죽립인은 코웃음을 치며 고개를 젓더니 바로 몸을 돌려 버렸다.

"가자."

그 뒤를 동료의 시체를 든 호위 무사들이 따랐다.

죽립인과 호위 무사들은 경공으로 순식간에 독곡에서 사라져 버렸다.

쏴아아아…….

적막한 빗소리.

독곡에 남은 유일한 두 생존자.

그중 한 명인 망료가 진자강에게 따스한 어조로 말했다.

"정말로 많이 컸구나. 이젠 정말 다 컸어."

마치, 오랫동안 헤어졌다가 다시 만난 부부처럼 망료는 진자강의 몸을 정성스레 어루만졌다.

추악한 생각으로 만지고 있는 것이 아니다.

진자강의 몸 상태를 확인하고 있는 것이다.

문득.

"으응?"

망료는 진자강의 왼발 정강이 쪽을 만져 보다가 의아해했다.

"이놈 발이 왜 이래?"

아주 깔끔하게는 아니었으나 뼈가 얼추 제대로 붙어 있었다. 이 정도면 별 불편함 없이 보통 사람처럼 걸을 수 있을 정도다.

"다리가 이렇게 멀쩡한데도 절름거렸어?"

위종의 앞으로 나올 때 절룩거렸던 걸 멀리서 지켜보았던 망료로서는 참으로 기막힌 일이다.

가만히 진자강의 다리를 보던 망료의 입가에 서서히 미소가 머금어진다.

"잔망스러운 놈."

욕을 내뱉었으나 얼굴은 내내 웃고 있는 망료다.

진자강이 왜 아직도 절름거리고 있는지 어느 정도 알 것 같아서다.

망료는 진자강의 몸에 내공을 밀어 넣어서 방금 진자강의 우반신 혈도가 어느 정도 열려 있는 것까지 확인했다.

누구의 도움도 없이 스스로 이렇게까지 했으려면 얼마나 고생했을지, 노력했을지 알 수 있는 부분이다.

"내 이러니 네놈에게 기대를 걸지 않을 수 있겠느냐. 네놈을 아끼지 않을 수가 있겠느냐? 세상에 어떤 놈이 네놈만큼 음흉하고 지독하겠느냐."

오랜만의 재회에 쉴 새 없이 혼잣말이 나온다.

"그러니까 네놈에겐 일반적인 고통이 어울리지 않아. 아주 털 오라기 하나까지 처절하고 고통스럽게 만들려면 지금 이렇게 뒈져서도 안 되고."

진자강을 앞에 놓고 있으니 웃음이 배어 나왔다.

"흐흐흐. 네놈이 예전의 꼬마가 아니듯, 나도 예전의 멍청하고 무식한 늙은이가 아니란다. 네게 아주 좋은 선물을 주기 위해 참 많이 노력했어."

망료는 품에서 긴 장침을 꺼냈다.

그러곤 장침을 대뜸 진자강의 뇌호혈(腦戶穴)에 신중히 박아 넣었다. 뒤통수의 가장 위쪽, 백회혈에 근접한 위험한 혈이다. 이 뇌호혈은 뇌와 맞닿아 있어서 잘못 건드리면 벙어리가 되거나 바보가 된다.

일부 문파의 경우 말을 못 하게 하는 아혈 점혈법으로 이 뇌호혈을 사용하기도 한다.

그러나 지금 망료는 그 어느 쪽도 아닌, 진자강의 혼수상태를 유도하기 위해 뇌호혈을 건드리고 있는 중이었다. 뇌호혈로 연결된 장침에 미약하게 내공을 흘려 넣어 뇌진탕을 일으켰다.

흐리멍덩하던 진자강의 눈이 뒤집어져서 완전히 기절했다.

망료는 양 손바닥을 비볐다.

"자, 착한 아이에게 선물을 줄 시간이다."

망료는 진자강의 손목을 잡고 등 뒤 명문혈에 손바닥을 댔다.

그러고는 한껏 내공을 일으켰다. 옷이 팽팽하게 부풀고 머리카락이 하늘로 곤두섰다.

망료의 내공이 진자강의 몸으로 침투했다. 예전 일 갑자를 겨우 상회하던 수준이 아니다. 망료의 내공은 무려 삼 갑자가 넘는다.

비록 순도(純度)에 있어 오랜 기간 정도로 수련한 명문 정파의 무인들과 많이 차이가 있다 해도 그 위력은 결코 낮지 않았다.

펑! 퍼퍼펑!

진자강의 오른쪽 혈도를 따라 살갗 안에서 터지는 소리가 났다. 실핏줄이 터지면서 분수처럼 피가 곳곳에서 솟아올랐다.

혈도가 다치지 않도록 조심스럽게 내공을 운영할 필요가 없다면 우격다짐으로 막힌 혈도를 찢어발기든 뭐하든 길은 만들어진다. 그게 삼 갑자 내공의 힘이다.

망가지지 않도록 원래 모습을 유지하며 조심스럽게 고치는 게 어려운 거지, 망가지는 걸 우려하지 않는데 무슨 상관인가.

강제타통(强制打通)!

"네놈은 세수벌모(洗髓伐毛)로 한층 강력한 무공을 쓸 수 있는 기반을 갖게 되었다. 무인이라면 누구나 꿈꾸는 몸뚱이가 된 게지. 비록 반쪽뿐이고, 그나마도 쓸 때마다 꽤나 고통스러울 테니까 내게 고마워할지는 잘 모르겠지만 말이다. 하, 하하하! 하하하하!"

울컥!

망료는 웃다 말고 한 움큼의 피를 토했다.

온갖 영약과 사특(邪慝)한 심법을 이용한 탓에 망료는 갖은 부작용에 시달리고 있다. 거기다 강제타통을 하느라 내공 일부와 진기까지도 영원히 손실됐다.

그래도 상관없었다. 이놈도 곧 자기 같은 꼴이 될 테니까. 힘을 쓰면 쓸수록 점점 더 스스로의 몸뚱이가 망가져 가는 꼴을 보게 될 테니까.

이렇게 즐거운 때에 웃지 않으면 언제 마음껏 웃는단 말인가!

"으하하하하하하!"

第四章

생사지간(生死之間)

　—고…… 생했…… 다……

　진자강은 소스라치게 놀라 깨었다.

　불현듯 자신이 정신을 잃고 있었던 걸 자각했다.

　갱도를 나온 이후 이토록 완전히 정신 줄을 놓았던 적이 있었던가!

　도대체 언제 정신을 잃었는지도 알 수 없었다.

　급히 몸부터 점검했다.

　앞이 캄캄했다.

　힘주어 눈을 뜨려 애썼다.

투둑, 투두둑.

눈꺼풀이 시끄러운 소리를 내며 떨어졌다.

눈꺼풀을 뭔가가 짓누르고 있었다.

손을 들어 털어 내려고 했다. 그러나 손을 들다가 벼락이라도 맞은 것처럼 몸을 떨었다.

'크윽!'

어깨를 송곳으로 찌른 것처럼 고통이 엄습했다.

견갑골이 철저에 꿰뚫렸던 게 기억났다.

비단 어깨뿐 아니라 전신이 망치로 뼈를 으스러뜨린 것처럼 아팠다. 뻑적지근하지 않은 곳이 없었다.

심지어 숨을 쉴 때마다 허파 속에서는 뼛조각이 굴러다니는 기분이었다.

"허억, 허억."

진자강은 숨을 몰아쉬면서 몸을 옆으로 비틀었다.

고통을 참으며 팔을 짚고 억지로 몸을 일으켰다.

쿠당탕!

팔이며 허리에 힘이 들어가지 않아서 몸을 일으키려다가 엎어졌다. 옆구리가 끊어지는 듯 아파 왔다. 진자강은 비명을 지르지 않기 위해 이를 악물어야 했다.

양팔이 생각대로 움직여 주지 않아 진자강은 바닥에 눈주위를 대고 마구 비볐다. 눈에 붙은 것을 억지로 떨어뜨려

났다. 고약 같은 것인 듯했다.

주변이 눈에 흐릿하게 들어왔다.

방 안이다.

작은 방의 침상 위다.

이게 어찌 된 일인가?

진자강이 어리둥절해하고 있는데 문밖에서 인기척이 느껴졌다.

진자강은 급히 주변을 둘러보았다.

무기! 무기로 쓸 것이 필요하다!

한쪽 구석에 협탁이 있고 물병도 보인다. 깨뜨려서 조각을 무기로 쓸 수 있을 법하다.

하지만 진자강은 걷기는커녕 기는 것조차 힘에 벅찼다.

일전의 싸움에 바닥까지 힘을 끌어 썼다. 온몸을 얻어맞았고 날붙이에 긁히고 베였다. 어깨와 허리뼈에는 구멍이났고 막대한 독까지 뒤집어썼다. 멀쩡하게 움직일 수 있다면 그게 더 이상한 일일 터이다.

팔다리가 후들거렸다. 녹초가 된 것처럼 몸이 말을 듣지않았다.

진자강은 온 힘을 다해 몸을 굴렸다.

쿵.

침상에서 떨어져서도 굴렀다.

데구루루.

바닥을 굴러서 협탁에 몸을 부딪쳤다. 협탁 위에 있던 물병이 떨어지며 깨졌다.

쨍그랑!

물병 깨지는 소리에 문밖에 있던 이가 황급히 들어오려 하고 있었다.

진자강은 날카로운 사기 조각을 입으로 물었다. 온 힘을 다해 독을 끌어내었다. 독곡에서 너무 많은 독을 사용한 탓에 단전에는 독이 거의 남아 있지 않았다.

은행 독은 전부 써 버렸고 사황신수 두 타래, 단 이 광층만이 남았다. 하나 그것마저 단단하게 묶여 있는 것처럼 끌려 나오지 않았다. 겨우겨우 일 광층을 끌어내어 손끝으로 모으고 사기 조각으로 찔러 독을 묻혔다.

그러곤 사기 조각을 입에 문 채 방문까지 굴렀다.

문이 열렸다.

벌컥!

진자강이 들어온 이의 발등을 입에 문 사기 조각으로 찍으려 했다.

공두 장씨가 외쳤다.

"이봐!"

진자강도 놀랐다. 설마하니 공두 장씨가 들어올 줄은 상상도 못 했다.

진자강은 마지막 순간에야 겨우 고개를 돌려 사기 조각을 옆으로 뱉을 수 있었다.

장씨는 진자강이 놀라서 발버둥 치는 줄 알고 진자강을 진정시켰다.

"이 녀석아! 나야 나, 공두. 괜찮으니까 진정해. 여기 우리 집이야."

장씨가 들고 온 쟁반을 놓고 진자강을 부축하려 들었다. 진자강은 저도 모르게 움찔했다.

방금 전까지 피가 튀고 사람의 살이 녹고 뼈가 부서지던 격전의 한가운데에 있던 탓에, 진자강은 아직 적응이 되지 않았다.

"아저…… 씨가…… 왜……."

장씨가 왜 여기에 있느냐고 묻고 싶었지만 말도 잘 나오지 않았다. 입에 산을 물고 있던 탓에 입 안과 입술이 엉망이라 발음이 똑바로 되지 않는다.

"아이고, 이놈아. 가만히 누워 있지 왜 여기까지 나와 있어."

장씨가 쟁반 위에 올린 물그릇에 흰 천을 빨아 피를 닦아 주며 토닥였다.

그제야 진자강은 자신의 몸이 벌거벗은 채였으나 대부분 붕대로 감겨 있다는 사실을 깨달았다.

"독…… 곡은……."

장씨의 눈에 일말의 두려움이 깃들었다. 장씨는 마른침을 꿀꺽 삼키면서 낮은 목소리로 말했다.

"내가 갔을 땐 산 사람이 한 명도 없었다. 대청에 걸쳐져 있는 널 발견하고 재빨리 데려온 거야."

장씨는 진자강이 돌아올 때가 한참이나 지났는데도 오지 않자 걱정이 되어 독곡까지 찾으러 왔다. 그때에 진자강을 발견했던 것이다.

"그곳…… 정말 끔찍하더구나…… 그래도 이젠 괜찮아."

하지만 장씨도 보통 충격을 받은 게 아닌 듯, 목소리가 떨렸다.

"그냥 다 잊어라. 본 거 들은 거 다 잊어. 무슨 일이 생긴 건지, 네가 왜 거기에 있었는지 몰라도 그냥 잊어. 누가 물어봐도 그리 대답해야 해. 그래야 네가 살 수 있어."

"아…… 저씨……."

"지금은 좀 쉬거라. 자꾸 움직이지 말고. 콜록콜록."

장씨는 밭은기침을 하더니 진자강을 들어 침상에 올려다 주었다.

"방은 좀 있다 치울 테니까 한잠 푹 자. 일어나면 죽이라도 가져다주마."

장씨가 나가고 나서도 진자강은 현실감을 되찾느라 상당

한 시간을 들여야 했다.

독곡에서 무슨 일이 벌어진 걸까.

남은 사람들은 어디로 갔지?

백담향 위종은?

독곡과 정파인들은 혹시 공멸(共滅)한 것일까?

조금이라도 몸을 움직일 수 있다면 진자강은 직접 가서 확인하고 싶었다. 하나 지금은 기다릴 수밖에 없었다.

독곡의 사정을 알아보는 데에 장씨를 시킬 순 없다. 지금은 최대한 체력을 회복하는 데 집중해야 했다.

'쉴 수 있을 때 쉬어 두자.'

진자강은 숨을 쉴 때마다 쿡쿡 찌르듯 아픈 허파를 자극하지 않기 위해 길게 심호흡을 하며 눈을 감았다.

눈을 감고 백화절곡의 호흡법으로 심신을 다스렸다.

하지만.

　　　—고…… 생했…… 다……

귓가에 남아 있는 환청 같은 소리가 다시 떠올랐다.

도대체 그 소리를 언제 들은 것인지 알 수가 없었다.

정말로 환청일 수도 있을 것이긴 하나, 너무 생생해서 자꾸만 귓가를 맴돌고 있었다.

그때마다 소름이 끼친다.

어딘가 익숙한 듯 뇌리에 남아 있는 기억.

그러나 진자강이 생각하고 있는 '그 기억'이 맞을 리가 없다.

그랬다면 진자강이 아직까지 살아 있을 리가 없을 테니까.

결코 떠올리고 싶지 않은 불쾌한 느낌이 스멀스멀 기어 올라 진자강은 얼굴을 찡그렸다.

*　　　*　　　*

"쿨럭, 쿨럭."

얼핏 잠에 빠져 있던 진자강은 기침 소리에 일어나 깨었다.

"쿨럭쿨럭!"

방 밖에서 기침 소리가 계속 들려온다.

온몸이 부서질 듯 아팠지만 진자강은 몸을 일으켜 보았다. 조금 쉬었다고 그래도 조금은 움직일 만은 해졌다.

진자강은 벽을 붙들고 후들거리는 걸음으로 방문까지 갔다. 방문을 여니 마당에서 장작을 패려고 하던 장씨가 보인다.

문 여는 소리에 기침을 멈춘 장씨가 돌아보았다.

"일어났냐? 조금만 기다려라. 밥을 하려면 장작불

을…… 쿨럭쿨럭!"

왠지 기침 소리가 심상치 않다.

"아, 감기에 걸렸나. 자꾸 기침이 나네. 내가 젊었을 땐 감기 같은 건 크흠! 뭔지도 모르고 살았는데, 큼!"

가래도 심하게 끓었다. 장씨는 칵칵대며 가래를 뱉고 다시 도끼를 들었다.

진자강은 방문을 붙들고 장씨를 유심히 살펴보았다.

왠지 얼굴이 푸석푸석하고 눈가가 푸르스름했다. 눈동자도 윤기가 없이 누런 기가 비쳤다.

진자강은 가슴이 철렁 내려앉았다.

중독된 자의 전형적인 안색이다.

백담향 위종의 독을 온몸에 뒤집어쓰고 혼절해 있었던 진자강이다.

그런 자신을 데려온 게 누구인가.

누가 데려와서 씻기고 약을 바르고 붕대를 감았는가.

장씨다.

진자강조차 정신을 못 차릴 정도의 엄청난 독이 전신에 도포되어 있는 상태였는데…….

거기다 독문의 인사들이 정파인과 싸우면서 상당한 독을 사용했을 터. 독곡은 그야말로 독기로 가득해져 있었을 것이다.

비가 와서 좀 씻겨 나갔다 하더라도 장씨는 아무런 무공도 가지지 못한 일반인이다. 게다가 설사로 인해 상당히 체력까지 떨어져 있는 채였다.

허약해진 상태에서 독기에 노출되었으니 심한 피해를 입을 수 있었다.

"허…… 오늘따라 이상하게 기운이 없네. 하도 설사를 해서 그런가…… 쿨럭."

다시 기침을 하는 장씨의 입에서 피가 비쳤다.

"거참…… 어지럽…… 네."

장씨는 진자강을 보며 머쓱하게 웃다가 그대로 쓰러져 버렸다.

털퍼덕.

진자강은 순간, 아주 짧은 공포에 휩싸였다.

약왕문의 부문주 용명이 떠오른 것이다.

용명도 지금 장씨처럼 진자강을 돌보아 주다가 중독되었고, 결국 진자강의 앞에서 죽고 말았다.

팔 년이나 지난 일이건만 진자강은 그때의 광경이 생생했다.

또다시 같은 일을 겪게 되는 건가 하는 두려움이 진자강을 잠식했다.

진자강은 가슴이 시큰거렸다.

마음이 아프다. 아니, 마음이 아플 거라고 미리부터 준비를 하는 듯하다.

진자강은 고개를 세차게 흔들었다.

그때는 어렸고, 지금보다 가진 능력이 일천했다.

지금은…….

지금은 다르다.

아니, 달라야 한다.

*   *   *

집 안을 둘러보았지만 집에는 장씨 혼자뿐이었다.

장씨는 목수 일을 하면서 오랫동안 무림 쪽 일을 보아 왔다.

독곡에서 벌어진 참사의 현장을 본 순간 엄청난 사건이 발생했다는 걸 깨달았다.

독곡이 어디인가.

운남의 무림계를 주름잡던 문파가 아닌가!

거기다 독곡이 주최한 회합에 운남 독문의 이들이 대거 참여한 때이기도 했다. 그런데 그들까지도 싸늘한 주검이 되어 있었다.

거기다 독문의 인사들이 아닌 다른 세력의 무인들까지

처참하게 죽어 있었으니…….

사건도 보통 사건이 아닌 것이었다.

그야말로 대사건.

머잖아 이곳에 어마어마한 태풍이 몰려올 거라는 걸 알 수 있었다.

이것이 세력 간의 다툼이었든, 아니면 살인멸구의 현장이든 상관없었다. 굳이 알 필요도 없었다. 그냥 조금이라도 불똥이 튀면 하루살이처럼 죽어 나가는 게 민초의 목숨이다.

하여 장씨는 진자강을 업고 집에 돌아오자마자 랑랑과 부인을 급히 친척 집으로 피신시켰다.

진자강이 워낙 위중한 상태라 차마 버려 두고 갈 수 없었던 탓이다. 누군가가 남아 진자강을 돌봐야 했으니까.

그러다가 진자강을 돌보던 중 쓰러져 버린 것이었다.

독기로 가득했던 독곡의 참살 현장에서 심하게 중독된 진자강을 데려온 대가로.

"아저…… 씨도 참…….."

자신을 굳이 찾으러 오지 않았으면, 찾아내었어도 데려오지 않았으면, 그래서 가족들과 달아났으면 멀쩡하게 잘 살고 있을 텐데…….

그러니까, 진자강은 더더욱 장씨를 살려야 했다.

진자강은 매우 힘들게 장씨를 방 안으로 데려왔다.

"헉헉……."

겨우 하루도 지나지 않았는데 몸이 회복되었을 리 없었다. 벌써부터 탈진할 지경이었다.

그래도 진자강은 움직여야 했다. 움직일 때마다 아프지만 아프다고 죽는 건 아니었으니까.

약방이나 의원을 찾는다면 좋겠지만, 그것 때문에 마을에 내려갈 수는 없었다. 장씨가 진자강을 데려다 놓고 의원을 부르지 않은 이유와 마찬가지다.

독곡에서 벌어진 일 때문에라도 당분간은 몸을 사려야했다. 무림인들이 곳곳을 들쑤시고 다닐 게 뻔했다.

게다가 아직 진자강은 스스로 몸을 추스르지도 못하는 상태.

최소한 자기 한 몸 건사할 수 있을 때에나 다닐 수 있을 터였다.

진자강은 힘들게 장씨를 문간에 기대 두었다.

대개 중독되었을 때에는 처음 처치 시간이 생사를 좌우하게 된다. 즉, 지금부터 진자강이 조금이라도 빨리 움직여야 장씨를 살릴 수 있다는 뜻이다.

진자강은 우선 자기가 누워 있던 방 안 곳곳을 제독(除毒)했다. 독기가 물든 물건을 모조리 가져다 버리고, 양잿물을 만들어 필요한 곳에 발랐다.

독기가 없는 새것으로 이불과 집기를 바꿔 놓고 그제야 장씨를 침상에 눕혔다.

"헉헉……!"

진자강도 멀쩡한 몸이 아니었기에 겨우 그 정도를 하는 데도 반나절이 걸렸다.

장씨는 여전히 상태가 좋지 않았다.

진자강은 장씨를 천천히 살펴보았다.

눈꺼풀을 뒤집어 보니 눈동자 아래가 누렇게 변색됐고, 눈초리가 떨린다. 코피가 흘러나오다 말라붙었고 기침을 하며 간간이 각혈까지 한다. 몸 곳곳이 부어올랐고 부스럼이 생겼다. 살갗의 색이 검거나 붉은색, 혹은 자줏빛을 띠고 있다.

한눈에 보기에도 한 가지 독으로 인한 증상이 아니다.

온갖 독을 사용한 장소를 거쳐 왔으니 여러 독에 중독되었을 것임에야 자명한 일이다.

그중에서 지금 진자강이 해야 할 일은 가장 심하게 작용하는 주독을 찾아내는 것이다.

이를테면 사황신수는 뱀독으로 제조되었다. 그중에서 특정한 뱀독이 주독으로 작용한다. 그것을 최우선적으로 해소하면 나머지는 좀 덜 치명적이므로 천천히 해소해도 되는 것과 마찬가지다.

진자강은 잠시 생각하다가 장씨의 손끝에 상처를 내어

피를 맛봤다.

　진자강의 몸은 모든 독이 급격히 발현됐다가 순식간에
가라앉는 특이 체질.

　피에 들어 있던 독이 금세 진자강의 몸에 작용했다.

　눈이 간지러워지고 코끝이 매웠다. 허파가 꼬이는 듯 아
팠다가 숨이 살짝 막혔다. 목이 붓는 느낌이 났다. 수많은
증상이 발생했다.

　안타깝게도 너무 많았다. 이 중에서 주독을 찾아내기란
모래밭에서 바늘 찾기와 마찬가지다.

　'이대로는 주독을 찾지 못한다.'

　진자강은 입술을 꾹 깨물었다.

　장씨가 고통스러워하는 모습이 역력하지만 당장엔 진자
강도 어쩔 수가 없다.

　진자강은 갱도에서 약문의 장 노사(老師)에게 들은 말을
되새겼다.

　　─약방(藥方)으로 병자를 낫게 할 수 있다는 믿음
　　은 오만이다. 사람은 누구나 스스로의 생명을 보전
　　하려는 힘을 내재(內在)하고 있으므로 약술로 그저
　　옆에서 도울 뿐이다.

그때에 진자강은 장 노사에게서 백 가지에 달하는 처방을 배웠다.

"이토멸산(移土滅山). 작은 양의 흙이라도 계속해서 옮기다 보면 언젠가는 산이 사라진다. 뿌리까지 제거하기 어려운 큰 병을 만났을 때에는 자잘한 증상을 먼저 호전되게 함으로써 병자가 스스로 이겨 낼 수 있게 돕는 것도 한 방법이다."

진자강은 방법을 바꾸기로 했다.

주독을 먼저 찾아낼 수가 없으니, 우선 겉으로 드러난 자잘한 중독들을 먼저 해결해 보는 식으로. 자잘한 증상들이 사라지면 주독을 찾아내기도 수월해질 것이고, 장씨도 한결 편해질 터였다.

"한 가지씩. 차례차례."

진자강은 장씨의 상세를 더욱 신중하게 살폈다. 그리고 각각을 기억해 두었다.

"쿨럭쿨럭! 우에엑! 으으…… 으."

장씨가 기침을 하다가 토했다. 신음을 하며 가슴을 붙들었다. 의식이 없는 상태일 텐데도 가슴을 붙들 때마다 인상을 쓰고 통증을 호소한다.

'열이 나고 자꾸만 명치의 통증을 호소한다. 그리고 토하면서 설사 기운까지 있어. 이것은 전형적인 토사곽란(吐瀉癨亂)이다.'

진자강은 장 노사에게 들은 처방을 되새겼다.

'곽란에는 건곽란과 습곽란이 있고 이 경우에는 양쪽 증상이 모두 보이지만, 다른 독에 의한 증상이 함께 발발하고 있음을 감안하면 습곽란에 속한다.'

진자강은 즉시 일어나 진자강은 처방을 외며 부엌으로 갔다.

'토사곽란에는 복용간(伏龍肝)이 유효하다. 복용간 중에서도 설사와 갖은 중독에는 황토(黃土)가 좋고.'

팔 년이나 갱도에 갇혀 외고 있던 게 약문의 노사들에게 배운 것들이었다. 하도 외웠더니 머릿속에 박혀서 잊히지도 않는다.

복용간은 아궁이의 솥 아래에서 오랫동안 누른 흙을 말했다. 제대로 된 약재를 쓸 수 없으니 약재 대용으로 쓸 수 있는 재료들을 찾아 쓰려는 것이다.

'이 경우에는 황토를 씀이 좋다.'

하지만 안타깝게도 장씨의 아궁이 아래에는 약으로 쓸 만한 고운 황토가 부족했다.

'그럼 복용간 중에 곽란에 쓸 수 있는 다른 재료는 동벽토(東壁土)와 백초상(百草霜)……'

진자강은 잠깐 생각하다가 아궁이에 걸려 있는 솥을 뒤집었다. 몸에 힘이 들어가지 않아서 솥을 뒤집는데도 손이

덜덜 떨렸다.

덜그럭!

솥 밑에는 오래된 검정이 붙어 있다.

그것을 긁어냈다. 초목(草木)을 태워 눌어붙은 그을음인데 조매(灶煤)라고도 하고 약으로 쓸 땐 백초상이라 부른다.

"끅."

계속해서 움직였더니 붕대 곳곳에 피가 뱄다. 뼈를 꿰뚫렸던 곳은 움직일 때마다 묵직한 통증이 찾아온다.

"흐읍, 하!"

진자강은 심호흡을 하며 통증을 가라앉히고 다시 움직였다.

담장으로 갔다. 해가 뜨는 방향과 시간을 감안하여 동쪽을 찾았다. 동쪽 담장 아래의 흙, 동벽토는 가장 신선한 아침 햇살을 받아 화기(火氣)가 강하고 무독(無毒)하여 쓰기에 좋다.

동벽토가 있는 땅을 파 구덩이를 만든 다음, 물을 붓고 휘저었다. 동벽토의 흙이 섞여 누런 흙물이 되었다.

흙이 가라앉기를 기다리며 백초상을 빻아 곱게 만들었다. 그리고 동벽토의 흙물이 가라앉아 맑아지자 그 위의 깨끗한 물만을 떠내 백초상을 섞었다.

이렇게 정성껏 만든 지장수(地獎水)를 장씨에게 먹였다.

시간을 두고 지장수를 몇 번 먹이자 장씨는 크게 한 번을 토하고 설사를 하더니 토사곽란의 증세가 호전됐다.

'다행이다. 직접적으로 당한 것이 아니라 간접적으로만 독기에 노출되어서인지 생각보다 중독이 얕아. 희망이 있다.'

토사곽란의 증세가 안정되었지만 다른 증상들은 여전했다.

진자강은 집 밖으로 나왔다. 아직 한 걸음 한 걸음 걷는 것도 매우 힘겨웠다. 하지만 도리가 없었다.

집 뒤편의 산을 올라가 헤매며 원하는 재료들을 찾아다녔다. 다행히 가을이라 찾는 게 있었다.

호두.

호두나무는 어디 하나 버릴 데가 없이 전부 약으로 쓸 수 있는 귀한 나무다.

진자강은 호두알을 줍고 잎을 따고, 나뭇가지를 거뒀다. 나무껍질도 벗겨서 챙겼다.

하지만 약효를 보려면 조금으로는 안 된다. 자루 하나 정도를 챙겨서 질질 끌고 산을 내려왔다. 내려오는 동안에도 수시로 쉬면서 숨을 몰아쉰 진자강이었다.

워낙 걷고 움직이는 속도가 느려서 어느 정도 재료를 모았을 때엔 한밤중이 다 되어 있었다.

진자강은 장씨의 상태가 어떤가 확인하고는, 곧바로 호두를 부위별로 나누기 시작했다.

'잎은 약간의 해독 작용이 있으니 오래 달여서 물 대신 사용하고, 줄기와 껍질은 달인 물로 살갗을 씻어 가려움증을 줄일 수 있다.'

호두 열매의 겉 부분 외피도 벗겨서 따로 챙겼다. 이것은 옹종이나 창독에 쓸 수 있다.

외피를 벗긴 단단한 껍질은 돌 위에 놓고 깨었다. 먹을 수 있는 열매 안쪽 호두 알갱이는 두 쪽으로 갈라져 있는데 그사이에 얇은 격막이 있다.

진자강은 이 격막도 버리지 않고 한데 모았다. 이 분심목(分心木)은 양이 적지만 피를 만들고 보충하며 혈뇨를 치료하는 데에 효능이 굉장히 좋아서 꼭 사용해야 했다.

먹을 수 있는 알갱이는 당연히 챙겨 뒀다.

대부분의 초목들은 열매나 씨에 독성이 있다. 호두알에도 미량의 독이 있기는 마찬가지다. 평범한 일반 사람에게는 괜찮지만 상태가 나쁜 장씨에게는 치명적일 수 있다.

진자강은 아궁이에 솥을 걸고 호두알을 세 번 쪄 냈다. 이것은 예전에 석림방에서도 밥을 지을 때 사용하던 제독법이다. 찐 호두알은 기름을 낼 생각이었다.

그사이 아궁이의 다른 쪽에도 솥을 걸고 줄기와 껍질을

달였다.

그리고 나서야 겨우 한숨 돌리고 쉴 수 있었다.

온몸이 만신창이인지라 관절마다 뼛조각이 굴러다니는 듯 아파 왔지만, 이상하게도 마음이 개운했다.

"후우……."

진자강은 그 이유를 알았다.

사람을 죽이는 게 아니라 살리는 일을 하고 있기 때문이다.

그래서 몸이 아파도 마음이 가벼운 것이다.

"원래는 이런 일을 하고 있었겠지."

그때에 아무 일도 일어나지 않았다면.

'언제쯤 다시 돌아갈 수 있을까.'

어쩌면, 다시는 돌아갈 수 없게 되는 건 아닐까.

그때까지 살 수나 있긴 한 것일까.

진자강은 가슴 깊은 곳에서 묵직하게 올라오는 불안감을 느끼며 아궁이에 땔감을 집어넣었다.

어느새 시간이 새벽이 다 지나 아침이 되어 갔다.

진자강은 찐 호두알을 짓찧어 면포로 꽉 짜냈다. 소량의 기름이 한 방울, 두 방울 흘러나왔다. 이것은 독성으로 망가진 장씨의 신(腎)과 폐(肺)의 회복을 도울 터였다. 신장이 좋아야 독소를 수월하게 배출할 수 있고, 폐가 좋아야 제대로 숨을 쉬어 나쁜 기운을 뱉어 낼 수 있는 것이다.

진자강은 장씨에게 소량의 호두 기름을 먹이고 줄기와 껍질을 달인 물로는 장씨의 몸을 닦아 주었다.

장씨의 살갗에는 보기 좋지 않은 부스럼과 종기, 자줏빛 멍이 들어 있었다. 부지불식간에 장씨가 긁어서 피가 나고 덧난 곳들도 있었다. 고름이 찬 상처도 있었다.

온몸을 깨끗이 닦아 준 후, 한결 편해진 장씨를 보며 진자강은 안도했다.

하나 이건 어디까지나 긴급 처방이고 임시에 불과하다. 주독을 해소하지 못하면 장씨의 상세는 점점 악화될 것이다.

그럼에도 주독을 알아내려면 주독을 가리고 있는 중독 증상부터 제거해야 하니 지금으로선 이 방법밖엔 없었다.

밤새 불을 보느라 뜬눈으로 지새운 진자강은 호두 열매 몇 개를 주워 먹고 허기를 달랜 후, 잠시 구석에 앉아 눈을 붙였다.

*　　*　　*

이틀이 지나, 어느새 진자강은 그럭저럭 걸을 수 있게 됐다.

움직일 때마다 뼛조각이 몸을 찌르는 듯한 통증은 아직

계속되었으나, 진자강은 움직이기를 멈추지 않았다.

"허혈, 거여…… 삼면도……."

지금도 약초 이름과 병증을 외며 산을 돌아다니는 중이었다. 약재를 채집하기 위함이었다.

아파도, 통증이 있어도 그러려니 하고 무던해져 있는 것이다.

'모든 동식물에는 독이 있지만 반대로 약재로서의 효과도 있는 법. 각각의 효과에 맞는 약재를 찾아야 한다.'

명색이 약문이면서 제대로 된 약방을 만들고 쓰는 건 이번이 처음.

그동안은 약재가 아닌 독성이 있는 것만 골라 사람을 죽이는 데에만 지식을 이용해 왔으니 말이다.

살아남기 위해서 너무 치열하게 신경을 곤두세우고 산 탓일까?

초목을 보면 그 초목이 가진 약성보다도 독성이 먼저 떠오른다.

참으로 실소가 나지 않을 수 없는 처지였다.

도대체 누가 지금의 자신을 약문의 후손으로 보겠는가!

진자강은 쓸쓸한 미소를 지으면서 계속해서 약초를 채집했다.

　　　　　*　　　*　　　*

　사흘째.

　장씨의 증상은 많이 호전되었다.

　진자강의 약초 치료는 꽤 효과가 있었다. 장씨가 아직 죽
지 않고 살아 있다는 것이 그것을 방증했다.

　장씨는 간혹 정신을 차려 진자강에게 근황을 묻기도 할
정도로 좋아졌다. 거의 수십 가지에 달하던 증세가 반 이하
로 줄었다.

　"몸도 성치 않을 텐데 미안하구나……."

　"괜찮습니다."

　"네게 이런 신묘한 의술이 있는 줄은 몰랐다. 허허."

　진자강은 장씨를 향해 말없이 웃어 줬다.

　"아직 기가 약하니, 말을 삼가고 좀 더 쉬세요."

　"그래…… 고맙다."

　진자강은 호두잎 달인 물로 장씨의 몸을 닦아 주다가 살
짝 미간을 찌푸렸다.

　유독 발진이나 부스럼만은 좀처럼 사라지지 않고 있는
것이다. 종기도 어제까지는 가라앉았는데 지금은 다시 오
르고 있었다.

　'호도유(胡桃油)와 호두잎, 껍질 달인 물도 소용이 없다?'

원래 진자강은 자신이 쓴 은행의 독을 의심하고 있었다. 혹은 살갗에 작용하는 다른 분말 독이라던가.

그런 경우 대부분 살갗을 닦고 씻어 내는 것만으로도 좋아져야 한다. 어제까지는 좋아지고 있었다. 그래서 괜찮아질 줄 알았다.

'토사곽란을 잡을 때 지장수와 복용간을 잘못 썼나? 그래서 내부에 열이 오른 것일까?'

구토와 설사를 잘못시키면, 그래서 열이 밖으로 빠져나가지 못하고 내부로 침투하면 혈열발반(血熱發斑)이 올 수 있다.

'따뜻한 성질의 동벽토를 이용한 지장수가 아니라 차가운 정화수(井華水)를 써야 했는지도.'

정화수는 이른 새벽에 길은 우물물이다. 동벽토와 달리 음한 달빛을 받은 깨끗한 물이라 성격이 상반된다.

진자강은 깊이 생각에 잠겼다.

진자강은 의원도 아니고 실제 처방을 한 경험도 없다.

그렇다고 다른 방도가 있는 것도 아니었다. 오로지 알고 있는 지식만으로 장씨를 치료해야 했으니 말이다.

약문의 후계자로서 느끼는 자괴감에 진자강은 한숨을 내쉬었다.

이래서야 어디 가서 약문의 후계자라고 말이나 할 수 있겠는가.

'그래도 방법이 있을 거다.'

진자강은 계속해서 방법을 강구했다. 종기에 쓰이는 약초들을 떠올렸다.

'질리자의 열매인 백질려(白蒺藜)를 쓸 수 있다고도 들었지만, 그것은 바닷가에서 자라는 약초…… 지금 구할 수 있는 약초들 중에는…….'

진자강은 삼황석고탕에 들어가는 약초들을 써 보기로 했다. 소반청대음이라는 처방도 쓸 수 있으나 거기엔 삼(蔘) 등의 값비싼 전문적인 약재나 준비에 시간이 오래 걸리는 말린 감초 등이 필요하다. 삼황석고탕이라면 대부분의 재료를 산중에서 얻을 수 있을 터였다.

'마황, 산치인, 석고, 향시, 황금…….'

다행히도 그것들은 일반적으로 쓰이는 약초들. 백화절곡에서도 많이 재배하고 키웠던 기억이 떠올랐다.

채취해야 할 약초들의 이름을 외며 진자강은 다시 산을 올랐다.

*　　　*　　　*

무림총연맹 호광 지부.

호광성 최고의 전투 조직으로 알려진 청룡대검각의 각주

실(閣主室).

그곳을 망료는 개선장군처럼 돌아왔다.

각주실에서 청룡대검각의 각주인 백리중과 모사꾼 심학이 기다리고 있었다.

망료가 들어서자 심학이 번개처럼 달려와 문단속을 했다.

그러더니 흐뭇하게 웃고 있는 망료에게 돌연 소리를 질렀다.

"아니, 도대체 무슨 놈의 일 처리를 그리하는 것이오!"

"으음?"

망료는 심학을 이상한 눈으로 훑어보며 고개를 좌우로 까딱거렸다.

"독곡의 일이 끝나자마자 달려온 몸이올시다. 보다시피 양다리가 다 불편한 몸이라 피곤하구려. 일단 좀 앉읍시다."

"이이잉, 그러시오!"

백리중과 심학은 서 있는데, 망료는 탁자에 앉아 편히 차까지 따라 마셨다.

"자, 군사는 왜 그리 화를 내고 계시오?"

심학은 정식으로 각주를 보좌하는 군사의 자리에 있는 것은 아니다. 청룡대검각은 군사를 필요로 하지 않는 전투 조직이다.

하나 심학은 백리중의 오랜 심복이다. 백리중이 아는 정보는 대부분 심학도 알고 있을 정도다. 때문에 망료는 대우해 주는 의미로 심학을 군사라 불러 주고 있었다.

하지만 그런 배려에도 심학의 화는 가라앉지 않은 모양이었다.

"내가 화를 내지 않게 생겼소? 운남을 완전히 휘저어 놓으면 어쩌란 말이오! 휘저은 정도가 아니라 아주 그냥 깡그리 다 죽여 버렸다면서요!"

"그게 문제가 되오?"

망료는 영문을 모르겠다는 투로 양손을 들어 보였다.

심학이 계속해서 소리쳤다.

"가지를 칠 건 치더라도 뿌리는 좀 남겨 놔야지. 뿌리까지 다 쳐 버리면 뒷감당은 어쩌란 거요? 아무리 독문이라도 일단은 우리 맹에 가입한 문파요. 게다가 운남 정파의 수뇌부들까지 죄다 몰살시켜 버렸으니…… 아이구! 정말 답답해서 말이 다 나오지 않소이다!"

"어허, 내 군사의 깊은 생각을 아직 헤아리지 못하겠소이다."

"비꼬지 마시오! 이 소식이 맹 내에 알려지면 반대파에서 이 일을 물고 늘어질 걸 모르오? 우리가 운남을 관리하고 있잖소. 어떻게 관리를 했기에 이런 대규모의 불상사가 벌어졌는지 책임 추궁을 해 올 게 뻔하지 않소!"

"뭐…… 그렇겠구려. 확실히 관리를 제대로 못 한 책임은 져야 하겠소이다."

"그러니까 내 그 말을 하고 있는 거 아뇨! 절름발이 하나를 잡겠다고 초가삼간 다 태웠잖소! 도대체 무슨 수로 독문과 운남 정파의 수뇌부를 다 죽인 거요? 운남 정파만 해도 족히 백 인 가까이 모였다고 하던데?"

"내가 안 그랬소이다?"

"뭐, 뭐요?"

"절름발이가 다 죽였소. 내가 갔을 땐 거의 다 죽여 놓은 채였소. 나는 뭐 시답잖은 잔당만 처리했소이다."

"하, 하하하. 절름발이가 그렇게나…… 강했던 거요?"

"강한지는 몰라도 잔꾀에는 능하더구려. 대청 지붕에 독을 도포해서 비가 오자 그 밑에 있던 놈들은 죄다 중독돼서 죽었소."

심학은 놀랐는지 눈을 끔벅거리다가 물었다.

"그래서…… 절름발이는 어떻게 됐소. 잡았소?"

"잡았는데 놔줬소."

심학이 입을 떡 벌렸다.

"마, 마, 마…… 망 고문! 아니, 놈을 놔주면…… 허허, 살육을 벌인 흉수를 잡아 놔야 우리가 할 말이 있잖소. 그놈

하나 때문에 이 지경까지 일이 왔는데…….”

“미끼를 왜 죽인단 말이오? 세상에 산 미끼만큼 좋은 게
어디 있소?”

“미끼는 무슨 미끼요? 당장 우리가 죽게 생겼는데!”

망료가 알 수 없다는 투로 되물었다.

“내가 기다렸다는 듯 흉수를 잡아 가지고 오면 그게 더
이상해 보이지 않겠소?”

심학은 머리가 핑 도는지 탁자를 짚고 한숨을 푹푹 내쉬
었다.

“당장 내일부터 반대파들이 공격해 올 텐데 어떻게 해명
을 해야 할지 모르겠소이다. 나는 모르겠소이다…… 나는
모르겠단 말이외다…….”

망료은 껄껄 웃었다.

“운남 독문이야 우리 맹에서 늘 눈엣가시였고 작은 중소
문파들이야 우리 맹에 가입되어 있지도 않던 보잘것없는
것들인데, 이번 기회에 깨끗하게 싹 치워 버렸으니 오히려
잘된 것 아니외까?”

“기껏 청룡대검각까지 접수했는데…… 중앙 본단이 코
앞인데, 여기 호광성에서 생각지도 못한 커다란 암초를 만
나게 될 줄은 꿈에도 몰랐소이다…….”

강서성 남창에 있는 무림총연맹 중앙 본단으로 가는 것

은 모든 무림맹 소속 무인들의 꿈이다.

호광성만 해도 강서성이 지척이지만 관직으로 따지면 지방 관료에 속한다. 벼슬아치라면 황제가 있는 자금성의 중앙 관료로 가고 싶어 하는 것이다.

심학이 푸념하면서 한숨만 푹푹 내쉬자, 백리중이 심학을 다독였다.

"심 군사. 너무 심려하지 말게. 오늘은 이만 들어가 쉬고, 내일부터 반대파의 공세에 대해 대책을 짜 보도록 하지."

"알겠습니다요, 각주님."

심학은 한숨만 내쉬다가 망료를 노려보고 방을 나갔다. 망료는 잘 가라고 손까지 흔들어 줬다.

그러고는 백리중을 보았다.

모사꾼 심학과 같은 생각이냐고 물을 작정이었는데…….

표정을 보니 굳이 물어볼 필요도 없었다.

백리중이 눈웃음을 짓고 있었던 것이다.

"잘했군. 이번 건은 칭찬해 주지."

망료도 실실 웃었다.

"내일부터 반대파의 총공세가 시작될 텐데도 말이오? 각주는 아마 산동이나 하북까지 밀려날지도 모르오?"

"내가 그렇게 될 수 있을지 나도 정말 궁금하군."

"껄껄껄!"

망료가 크게 웃으며 혼잣말처럼 말했다.

"무림총연맹에 가입되어 있는 독문과 정파가 서로 싸우다 공멸하였다…… 그럼 거기에서 어부지리(漁父之利)를 취할 자가 누구인가?"

백리중이 여전히 웃으면서 망료를 보고 있었다. 망료가 백리중에게 물었다.

"각주는 어디를 생각하고 계시오. 사(邪)? 마(魔)?"

"당장에야 마보다는 사가 낫겠지."

"불쌍하게도! 각주의 말 한마디에 사파 놈들의 운명이 결정되었구려. 남의 집에 불났다고 멀뚱히 구경하고 있다가 운남 사건의 배후로 몰리게 생겼으니, 껄껄껄!"

망료는 입에 침이 마르도록 백리중을 칭찬했다.

"역시 각주의 수읽기는 대단하오. 그럼 그렇게 준비하겠소이다."

백리중도 흥에 겨웠는지 평소라면 하지 않을 말을 했다.

"이번에 아주 잘해 주었으니 필요한 게 있다면 내주지. 무엇이 필요한가?"

"운남 자체는 맹에 별 이득도 없어 원래부터 변방의 계륵(鷄肋)에 불과했소이다. 하나, 전체가 몰살당한 사건이니만큼 거기서 취할 명분은 매우 크오. 그러니 적당히 큰 미끼가 있으면 좋겠소이다."

백리중은 이미 생각하고 있던 것처럼 즉각 말했다.

"삼룡사봉(三龍四鳳)이면 충분하겠는가?"

"삼룡사봉?"

그것은 오히려 망료를 더 놀라게 했다. 망료가 생각한 이상의 제안이었다.

삼룡사봉은 소위 현 강호에서 가장 잘나간다는 무림세가의 후기지수 일곱 명을 말하는 것이다. 어렸을 때부터 가문의 온갖 영약과 비전의 무공을 배우며 기대를 받고 자란 영재(英才)들.

실력도 대단하지만 그들이 짊어지고 있는 가문의 이름은 더욱 거대하다. 별일 없이 자란다면야 그들의 가문을, 앞으로의 무림을 이끌어 갈 인재가 될 것이었다.

하여 각 가문에서도 그들의 성장에 상당한 심혈을 기울이는 경향이 있었다.

그러나 망료가 삼룡사봉까지는 생각하지 못했던 것은, 그중 한 명이 바로 백리중의 대제자였기 때문이었다.

'대제자를 미끼로 내던지겠다고?'

이것은 시험인가 아니면 떠보기 위함인가.

게다가 십대문파의 후기지수가 아닌, 무림세가의 삼룡사봉을 굳이 꼽은 이유는 무엇인가.

진자강과 마주치면 몇몇은 죽어야 한다.

설마하니 삼룡사봉이 와해되길 바라는 것인가?

잠시 생각하던 망료가 고개를 저었다. 삼룡사봉 전부를 다 쓸 필요는 없다. 괜한 말에 넘어가서 백리중의 대제자를 내보내자는 헛소리를 했다간 망료의 속이 드러나고 만다.

"삼룡사봉이면 차고 넘치오이다. 뭐든 적당한 게 좋지요. 삼룡사봉 중 하나면 충분하겠소이다."

굳이 삼룡사봉 중 한 명을 지명하지 않은 것은 백리중의 심기를 거스르지 않기 위해 선택을 맡기겠다는 뜻이다.

백리중은 웃었다.

"내 하나 골라서 보내지."

"잘 쓰겠소이다."

쓰고 돌려보낸다는 말은 하지 않는 망료다.

백리중의 웃음이 더욱 진해졌다.

"가도 좋다."

백리중다운 축객령이었다.

"각주의 배려에 깊이 감사드리오이다."

망료는 인사를 하며 몸을 일으켰다. 그러다가 갑자기 생각난 듯이 물었다.

"아, 한 가지만 물어봐도 되겠소이까?"

"해 보라."

"왜 저딴 물건을 군사로 데리고 있는 것이외까?"

모사꾼 심학을 두고 한 말이었다.

그에 대한 백리중의 대답은 짧았다.

"범인(凡人)들이 무슨 생각을 하는지 알 수 있으니까."

"허어."

망료는 탄성을 냈다.

"각주다운 대답이구려. 그런 대답은 세상에서 백리 각주만이 할 수 있을 것이오."

막 뒤돌아선 망료를 백리중의 목소리가 붙들었다.

"나도 한 가지 물어보지."

"무엇이오?"

백리중이 망료를 지긋하게 응시했다.

"사천에서 작은 움직임이 있더군. 사천이 운남의 일에 관심을 기울이고 있는 것 같던데…… 내가 모르는 다른 얘기가 있는 건 아니겠지?"

이것은 그야말로 망료가 뜨끔할 얘기.

독문의 혈사에 사천이 관계되어 있다는 건, 망료와 사천의 관계자들을 제외하고는 아무도 모르는 일이었다.

하나 망료가 그런 얘기를 겉으로 드러낼 만큼 허술한 자이던가!

망료는 전혀 표정의 변화 없이 대답했다.

"사천에서도 운남에 관심이 있는가 보구려. 아니면 독문에서 사천에 약간의 도움을 청했는지도 모르지. 여하간 내가 아는 한 이번 일에 사천의 개입은 조금도 없었소이다."

백리중은 잠시간 망료를 응시하다가 고개를 끄덕였다.

"그럼, 또 뵙겠소이다."

망료는 묘한 미소를 머금으면서 각주실을 물러났다.

이제야 진자강을 수면 위로 끌어 올릴 때가 되었다.

어쩌면 진자강에게는 조금 모질기도 하고 험난한 역경이 될지도 몰랐다.

하지만 그것이야말로 바로 망료가 바라던 일이다.

그것을 위해 이제껏 힘들게 모은 내공의 삼분지 일가량을 손실하면서까지 진자강의 혈도를 뚫어 놓았으니까.

아니, 정확하게는 찢어 놓았으니까 말이다.

*   *   *

백리중은 곧 대제자를 호출했다.

"사부님."

백리중의 대제자이자 양자인 백리권.

팔척장신에 거친 붓으로 그어 놓은 듯한 눈썹, 매섭지만 곧은 느낌을 주는 호목(虎目).

영웅의 모습을 그려 놓는다면 백리권이 바로 그 모습 그대로일 것이었다.

스물다섯의 나이에 백리중 만큼이나 의를 지키는 협객으로 유명하며 대외적으로 알려진 무공 수준도 상당했다. 백리중의 진전을 이어 그의 독문검법인 천인신검(天人神劍)을 오성이나 성취했다고 알려져 있었다.

그러나 실제로는 강호에서 알고 있는 것보다도 훨씬 이상의 무위를 달성하고 있었다.

천인신검 육성(六成) 극대(極大).

오성과는 두 배의 차이. 이미 비교도 할 수 없는 수준이었다.

물론 그것을 아는 건 백리권과 사부인 백리중을 비롯한 소수의 문파 관계자들뿐이다.

"어서 오너라."

백리중이 온화한 얼굴로 웃었다.

백리중의 표정과 말투는 망료를 대할 때와는 그야말로 천지 차이였다.

백리중이 부드러운 어조로 말했다.

"너도 알고 있겠지만 운남에 작지 않은 사건이 생겼다."

"들었습니다."

백리권도 백리중을 닮아서인지 말이 많지 않다.

사부인 백리중의 말을 우선적으로 경청하고 자신의 의견
은 그 뒤에 내세운다.

지나치리만치 진중하고 무거운 성격.

덕분에 백리중조차도 백리권을 신뢰하고 아끼는 것이다.

백리중은 빙긋 웃었다.

"독문이 전멸했다. 거기에 사파가 관련되어 있을 수 있
다는 첩보를 입수했다."

백리권은 신중하게 백리중의 의도를 생각했다.

운남의 오대 독문은 백리중의 지지하에 무림총연맹에 가
입하였다. 독문이 전멸했다면 그 책임은 백리중에게 향할
수도 있다.

"제자가 무엇을 하면 될지 알려 주십시오."

"누가 가면 되겠느냐?"

무슨 의미냐는 뜻으로 백리권이 백리중을 보았다.

당연히 백리권 자신을 보낼 줄 알았던 것이다. 이 같은 대
형 사건은 명성을 올리는 데에 굉장히 좋은 기회인 때문이다.

그런데 누가 가야 하느냐고 되묻다니?

"삼룡사봉 중 한 명을 생각하고 있다. 믿을 수 있고 총명
한 아이면 좋겠구나. 이번 일은 무공보다도 지혜가 더 필요
한 일이다. 네게 빚을 지운다 생각해도 좋고."

"아!"

백리권은 백리중의 의도를 이해했다. 삼룡사봉은 서로 경쟁 관계이나 친우 관계이고, 각각이 가문을 대표하는 얼굴이다.

그들 중 한 명에게 공을 세울 기회를 넘겨준다면 그는 백리권에게 빚을 지게 되는 셈이다.

백리권의 뺨이 살짝 붉어졌다.

그것을 본 백리중은 속으로 혀를 찼다.

아직 어려서인지 백리권은 속을 감출 줄 모른다. 진중하고 말이 없는 것은 좋으나 속으로 생각한 게 겉으로 드러나면 강호에서는 살기 쉽지 않다.

하나 백리중은 전혀 티를 내지 않고 미소 지었다.

"이미 생각한 사람이 있느냐?"

백리권의 얼굴에 더 홍조가 생겼다.

"예. 무공보다 지혜가 더 필요한 일이라면 제갈가의 연소저가 이번 일에 가장 적합할 것으로 생각됩니다."

"제갈가……."

백리중은 생각하는 듯하다가 허락했다.

"뜻대로 하거라."

"감사합니다, 사부님!"

"사제 간에 감사는 무슨 감사란 말이냐. 허허."

하나 말을 하는 백리중의 얼굴은 그 어느 때보다도 훨씬 부드러운 미소를 띠고 있었다.

＊   ＊   ＊

실패했다.

진자강은 고심했다.

장씨의 몸에서 일어나는 증상은 혈열발반이 아니었다.

삼황석고탕의 재료를 먹이고, 또 종기가 난 부위를 약물에 담가 보아도 장씨의 종기는 낫지 않았다.

조금 좋아지는 듯싶다가 다시 올라왔다.

오히려 색이 자줏빛으로 진해지면서 몸이 붓고 물집까지 잡혔다. 심한 곳은 살이 문드러지려고까지 했다.

종기가 심해짐과 동시에 점점 상태가 나빠져서 장씨는 다시 여러 번 혼절하여 정신을 잃었다.

굉장히 지독한 독이었다. 만일 이 독을 공기 중에 남은 여분의 독기로 흡입한 게 아니라 직접 당했다면 백 중 백 급사했을 것이다.

진자강은 갑작스러운 상세 악화에 난감해졌지만 동시에 어느 정도 확신도 들었다.

'이놈이 주독이다!'

초반에 잡은 증상들은 다시 나타나지 않았다. 지금 피부에 생긴 종기만이 계속 나빠지고 있는 것이다.

즉, 이것만 해결하면 장씨의 상태는 앞으로 좋아질 가능성이 훨씬 높았다.

문제는 이것이 어떤 종류의 독이냐 하는 것이었다.

'가장 큰 병변(病變)은 자주색 종기가 생기고 터지는 것, 혈사(血絲)가 거미줄처럼 살이 짓무른 데에서부터 번지고 있는 것이다. 지금의 부스럼은 몸이 붓고 가라앉기를 반복하면서 생기니 독으로 인한 것은 아니라고 봐야 한다.'

아쉽게도 이런 류의 증상은 진자강도 처음이다. 망료도 진자강에게 쓴 적이 없었다.

아마 독곡에서 싸우던 중에 당했는지도 모르지만 나중에 정신이 혼미해졌던 탓에 전혀 기억이 나질 않았다.

'자줏빛 창(瘡)⋯⋯ 자포(紫疱).'

창이 생기는 경우는 많지만 자줏빛은 흔하지 않다.

진자강은 상처를 보고 있다가 문득 처방전과 함께 왼 구절을 떠올렸다.

─개박사우마중독편신생자포구궤규통(開剝死牛馬中毒遍身生紫疱俱潰呌痛)하면 해마독방(解馬毒方)을 처방한다.

'혹시!'

진자강은 급히 방을 나가 주변의 논밭을 뒤졌다.

지금이 가을인 것이 얼마나 다행인가!

수확을 끝낸 논밭에 지푸라기들이 잔뜩 널려 있었다.

그중에서 조의 짚을 찾았다.

조의 짚을 일컫는 속간(粟稈)을 한 줌 쥐고 돌아와 아궁이에 넣고 태웠다. 마른 속간은 금세 타 버렸다.

진자강은 속간의 재를 모아서 걸쭉할 정도로 물에 탄 후 솥에 넣고 졸였다. 그리고 조금 식힌 후 장씨의 종기에 발랐다.

그랬더니 얼마 되지도 않아 갑자기 흰 거품이 부글거리고 일기 시작하는 게 아닌가!

진자강은 이를 악물었다.

드디어 주독을 알아냈다.

'마독(馬毒)! 마독입창(馬毒入瘡)!'

마독으로 인해 장씨의 몸에 자줏빛 창이 생겨난 것이다.

마독은 말 그대로 말에게서 나오는 독이다.

죽은 말의 피나 대소변 등을 통해서 중독된다. 특정한 종의 말 생피가 몸에 들어가면 하루를 버티지 못하고 죽을 수도 있었다.

'마독입창에는 도간, 마치현, 오두, 오매핵 등을 쓸 수

있다.'

그것은 산에서 얼마든지 구할 수 있었다.

그러나 꼭 필요한 두 가지가 없었다.

월경혈(月經血)과 자금정(紫金錠)이다.

마독은 내외부로 모두 큰 병증을 일으키는데 살갗에 생긴 창이 터지면서 주변을 오염시켜 더 심하게 만들고, 내부로 계속 침투해 장기를 손상시켜 죽게 만든다.

하여 월경혈은 마독창이 심한 곳에 발라 독기를 억누르도록 하고 해마독방의 처방과 함께 자금정을 먹여 내부의 독기를 막아야 했다.

자금정은 제작법을 알고 있었다. 자금정을 만드는 데 제일 중요한 재료가 사향인데, 정 안 되면 노루를 사냥해서라도 얻을 수 있을 터였다.

그러나 월경혈은 월경을 하는 부인에게서 얻을 수 있는 핏덩어리다. 진자강이 무슨 수로 얻을 수 있겠는가.

진자강이 아무리 머리를 짜내어도 월경혈만큼은 어쩔 수가 없었다.

그래도 진자강은 고심 끝에 몸을 일으켰다.

장씨가 쓰러진 지 이미 닷새째.

더 이상은 그대로 두고 볼 수 없었다.

진자강은 장씨의 옷을 챙겨 입고 아랫마을로 내려갔다.

겉으로 보이는 진자강의 모습은 제법 멀쩡했다. 안으로 멍이 들고 뼈가 꿰뚫리고 장기가 다쳤어도 겉은 거의 나았다.

심지어 명역독을 물고 있어서 타 버린 입술도 많이 회복됐다. 입 안은 여전히 헐어 있고 혀도 굳어서 발음이 느릴지언정 입술은 딱지가 좀 앉은 정도로 나아 버렸다.

내상(內傷)은 몰라도 외상만큼은 낫는 속도가 보통 사람의 몇 배는 더 빠르다. 한 달 동안 온몸을 찜질한 혼천지의 유황 증기와 곤륜황석유가 선사한 불가사의한 능력이다.

덕분에 진자강은 행동이 약간 불편해도 남들의 눈에 크게 띄지 않고 마을을 다닐 수 있게 되었다.

마을의 분위기는 초입부터 뒤숭숭했다.

본래 이곳은 곤명호와 더불어 거대 문파인 독곡을 끼고 있어서 늘 번화했던 곳이었다. 각종 주루와 기루, 다관과 반점이 밀집했다.

그러나 지금 이곳은 차분하다 못해 활기가 없을 지경이 되었다. 사람들은 겁에 질린 듯 눈치를 보며 다녔고 어깨가 움츠러들어 있었다.

무림인으로 보이는 날카로운 눈매의 이들이 곳곳에서 보였다.

하나, 둘씩 짝지어서 길거리에 앉아 있거나 오가는 사람들을 주시 관찰하고 있다.

예상한 대로다. 운남 독문과 정파가 정면으로 부딪치고 공멸(共滅)한 초유의 사태니까.

운남이 아무리 변방 무림이라 하더라도 전 무림의 시선을 끌지 않을 수가 없는 것이다.

진자강은 걸을 때마다 쑤셔 오는 고통을 참으며 걷다가, 사거리의 노상에 있는 국숫집에 앉았다.

"한 그릇 주십시오."

노점(露店)의 주인인 노파가 위아래로 진자강을 힐끗 훑어보더니 바로 한 그릇을 담아 주었다.

진자강은 말없이 국수를 먹었다. 며칠 동안 제대로 된 식사를 하지 못한지라 반갑기가 그지없었으나, 묵묵히 먹기만 했다.

너무 빠르지도, 느리지도 않게 젓가락질을 하면서 지나가는 사람들의 말에 집중했다. 그러나 분위기가 너무 흉흉해서인지 길에서 함부로 입을 여는 이가 없었다.

아쉽게도 대부분은 입을 꾹 닫고 목적지까지 발길을 재촉할 뿐이었다.

진자강이 별수 없이 일어서려고 할 때, 갑자기 두 남자가
진자강의 옆쪽에 앉았다.

"여기 두 그릇."

남자들이 자리에 앉을 때 허리춤에서 짤락거리며 쇳소리
가 났다.

'무림인이다!'

진자강은 먹는 속도를 늦췄다. 두 남자가 국수를 먹으며
나누는 대화를 듣기 위해서다.

"상황은?"

"똑같아."

"조만간 무림맹 조사단이 파견되면 뭐라도 얘기가 나오
겠지."

"그때까지는 몸 사리자고."

"음."

남자들의 말도 매우 간결했다. 매우 긴장한 듯 신경을 곤
두세운 것이 눈에 보일 지경이었다.

더 있어도 정보를 들을 수는 없을 것 같았다.

진자강이 국숫값을 계산하고 일어서자 등 뒤로 쏟아지는
남자들의 시선이 느껴졌다.

진자강은 다른 사람들처럼 어깨를 움츠리고 긴장한 듯이
걸었다. 이럴 때에는 오히려 너무 자연스러운 것이 이상한

법이다. 그제야 남자들의 시선이 다른 데로 옮겨졌다.

골목을 돌아선 후에야 짧은 숨을 토해 낸 진자강이었다.

어디서 온 자들인지는 모르나 몸놀림이나 말 한마디까지 상당히 훈련된 자들이었다. 그런 자들이 여기 이 남자들 둘 뿐 아니라 마을 곳곳을 오가고 있었다.

'마치 강호의 전 문파에서 정보를 수집하러 보낸 것 같다.'

독문의 어쭙잖은 무인들과는 눈빛부터 달랐다.

이렇게 감시의 눈이 많은 때에 진자강이 여기저기 다니면서 아무 데서나 캐묻고 다닌다면 의심을 사기 딱 좋을 터였다.

'이곳에서는 약을 사 갈 수 없어.'

진자강은 겁먹은 표정을 한 채 마을 밖으로 나갔다. 그나마 좀 가까운 데 있는 운화촌으로 자리를 옮겼다.

운화촌은 독곡이 인근에 있어서인지 문을 연 약방들이 제법 보였다.

더구나 독곡의 사건 때문인지 약방들은 저마다 독을 해소할 수 있는 여러 약을 판다고 써 붙여 놨다. 그중에 자금정도 있었다. 자금정을 판다고 써 놓지 않은 곳을 찾기가 더 힘들 지경이었다.

진자강은 고개를 살짝 갸웃했다.

'자금정은 만들기가 굉장히 번거롭고 손이 많이 가서 어렵다고 들었는데…….'

그러나 진자강은 팔 년이나 세상 구경을 못 하고 살았다. 실제로 약방에서 파는지 안 파는지, 원래 이 정도로 흔한지 알 수 없는 것이다.

어쨌거나 자금정은 간단한 해독이나 중독의 예방에도 쓰인다. 독곡 사건 때문에 불안해진 사람들이 사 가는 것일 수도 있었다.

그렇게 생각한 진자강은 그중 한 군데에서 자금정을 구입하기로 했다. 밖에 걸린 약초들이나 망태기에 담긴 약초들이 매우 싱싱하고 좋아 보였다.

약방의 노인이 작두로 감초를 썰고 있다가 약방에 들어서는 진자강을 쳐다봤다. 정확히는 위아래로 훑어봤다.

"어르신, 자금정 좀 주십시오."

노인은 별말 없이 닥나무 껍질로 만든 저피지(楮皮紙)에 자금정 한 줌을 싸 주었다.

"마흔 알이야. 예방으로는 반 환씩 먹고 몸이 좀 이상하다 싶으면 한 알씩 먹어. 은자 반 냥."

진자강은 가진 돈이 부족하진 않았으나 혹시나 물정을 모르고 산다는 말을 들을까 봐 한번 쉬어 갔다.

"가격이 비쌉니다."

노인이 인상을 썼다.

"요즘 찾는 사람이 많아서 가격이 좀 올랐어. 싫으면 딴데 가 봐."

진자강은 좀 더 생각하는 듯하다가 셈을 치르기로 했다.

"주십시오."

"그래. 약값은 원래 깎는 거 아냐. 대신 내가 좀 더 얹어 줄게."

노인이 덤이라며 자금정 몇 알을 더 넣어 주었다.

그때 갑자기 진자강은 묘한 기분이 들었다.

"가 봐. 필요하면 또 오고. 우리 집 약이 아주 효과가 좋아."

노인이 누런 이빨로 히죽 웃었다.

진자강은 약방을 나오긴 했으나 찜찜한 느낌이 가시지 않았다.

'자금정은 대극 한 냥 반, 문합 세 냥, 산자고 두 냥, 속수자 한 냥, 사향 세 전으로 만든다. 그 재료로 모두 마흔 개의 환약이 나온다.'

그런데 몇 알을 더 얹어 준다?

한 번에 마흔 알씩 만드는 약을 말인가?

순전히 감인지는 몰라도 진자강은 자신이 산 자금정이 수상해졌다.

골목을 돌아서 적당한 담장 옆에선 진자강은 자금정 한 알을 꺼내 보았다. 콩을 살짝 눌러서 찌부러뜨린 듯한 모양의 환약이다.

진자강은 자금정을 직접 본 적이 없으므로 겉모양만 보고 상태를 가늠할 수 없었다.

하여 하나를 직접 먹어 보았다. 입에 넣고 혀로 굴리며 천천히 녹였다. 혀끝에서 느껴지는 미묘한 맛의 차이를 놓치지 않기 위해 집중했다.

'산자고와 대극, 속수자는 모두 매운맛이 있는데 각각의 성질이 다르다. 맵고 단맛은 산자고에서 나고 매운맛과 쌉쌀한 맛은 대극에서 난다. 속수자는 햇볕에 말려 쓰기 때문에 따뜻한 기운이 느껴질 수 있다.'

그러나 찌르는 듯한 매운맛만이 났다.

게다가…….

'사향의 맛이 나지 않는다?'

사향의 향은 진하게 느껴지는데 맛이 어딘가 다르다. 다만 확실하게 그렇다 아니다는 말할 수 없었다. 사향도 암수의 구분이 있는 데다 같은 품종에서도 사향의 상태에 따라 상품(上品), 하품(下品)으로 나누기 때문이다.

잠시 생각하던 진자강은 여러 알을 한꺼번에 입에 넣었다. 한쪽 뺨이 불룩해질 정도로 넣고 우걱우걱 씹었다.

만일 자금정이 진짜라면 약효가 지나치게 강해 위험한 지경에 이를 수도 있다.

하나 오히려 그 점을 생각하고 벌인 일이다.

진자강은 어떤 해악(害惡)을 끼치는 물질을 먹더라도 버틸 수 있다.

매운맛이 가득해져서 혀가 아렸다.

잠시 기다리자 약효가 도는 듯했다.

사향은 정신을 맑게 하고 마음을 진정시키며 피를 잘 돌게 한다. 특히나 심장 쪽의 질환에 좋다.

그러나 몸이 늘어지는 듯한 느낌과 함께 울렁거리기만 했다.

피가 잘 돌아서 몸이 뜨끈뜨끈해질 정도가 열이 올라야 하는데 그런 효과는 거의 없었다.

위장까지 쓰라렸다. 위장이 꼬이는 듯, 경련을 일으켜서 진자강은 식은땀이 났다.

대극의 부작용이다.

진자강이 알고 있는 약초의 효과는 하나도 느껴지지 않고 대극의 부작용만 느껴진다. 대극은 약재로 쓰지만 뿌리에 극독이 있어서 위장을 자극시키고 사람을 혼미하게 만든다. 조금 전 진자강이 늘어진다고 생각했던 것도 사향의 약효가 아니라 대극의 부작용이었던 것이다.

제대로 법제의 과정을 거치지 않아서 독을 완전히 없애지 않았다는 뜻이다.

만일 이것을 장씨에게 먹였다면 큰일 날 뻔했다. 보통 사람이면 몰라도 중독으로 기력이 거의 없는 장씨에게는 치명적이다. 장복하면 효과는 거의 없으면서 오히려 대극 중독만 일으켰을 것이다.

으드드득.

진자강은 자기도 모르게 이를 갈았다.

'가짜 자금정을 속여 팔았구나!'

분노.

불현듯 살기가 치밀었다. 죽여 버리고 싶은 충동에 휩싸였다.

진자강은 살기가 충만해져 저도 모르게 내공을 일으켰다.

골목만 돌아가면 그 노인이 있다. 차 한 잔 마실 시간이면 목을 비틀어 놓고도 남을 것이다.

호흡을 통해 백회로 들어온 기가 진자강의 내부를 돌며 한 줌의 내공이 되었다.

그때!

진자강은 갑자기 오른쪽 반신이 벼락을 맞은 듯한 충격을 받았다.

이런 일은 이제껏 단 한 번도 없던 일이었다.

"커…… 헉!"

진자강은 소리를 지르지 않기 위해 혀로 목구멍을 막고 숨을 삼켜야 했다. 그것으로도 모자라서 황급히 옷자락을 입에 물었다.

따가웠다. 수천 개의 가시로 우반신을 찌르는 듯했다. 밖에서 찌르는 것이 아니라 안에서부터 밖으로 가시가 삐져나오는 것 같았다.

으아아아악!

순식간에 진자강의 얼굴이 벌게졌다. 식은땀이 줄줄이 맺혔다. 등허리가 축축해졌다.

'이, 이게!'

내공 때문이었다.

내공이 우반신의 혈도를 돌 때마다 어마어마한 충격과 고통이 뒤따랐다. 굳이 비유하자면, 발바닥의 껍질을 모두 벗겨서 생살을 드러낸 채 소금밭 위를 걷는 것과 흡사했다.

예전에는 혈도가 모두 막혀 있어서 실낱같은 구멍만이 뚫려 있었다. 그런데 지금은 어찌 된 일인지 혈도가 훤히 열려서 내공이 격류(激流)처럼 급격하게 흐르고 있다.

산에 난 삐뚤삐뚤한 오솔길을 걷다가 갑자기 대로로 나와 마차를 타고 달리는 것 같다.

예전보다 수십 배나 빨라진 내공이 진자강의 제어를 벗어나 우반신을 마구 날뛰었다. 내공이 날뛰며 일으키는 충격을 혈도가 견디지 못하고 부딪칠 때마다 조금씩 파열되어 고통스럽기 짝이 없었다.

툭, 투투투툭!

혈도가 파열되며 울리는 미세한 진동이 느껴져 소름이 끼쳤다.

뱅그르르!

내공이 꼬리물기를 하는 개처럼 계속해서 진자강의 우반신을 돌았다. 내공의 작은 덩어리는 혈도를 돌면서 점점 커져 갔다. 작은 눈 덩어리를 굴려서 커지듯, 추를 매단 밧줄을 돌리듯 혈도를 도는 회수가 늘어날 때마다 파괴력이 급속도로 높아졌다.

진자강은 우반신이 통째로 떨어져 나갈 것 같은 공포에 휩싸였다.

'으아아아!'

참지 못하고 오른손을 휘둘렀다. 날뛰는 내공이 오른손으로 쏜살같이 이동했다.

묵직한 덩어리가 빠져나가는 느낌과 함께.

퍽!

흙과 자갈을 섞어 쌓은 담장을 진자강의 손이 번개처럼

뚫고 들어갔다.

"헉…… 헉헉."

진자강은 담장에 손을 팔꿈치까지 꽂아 넣은 채 숨을 몰아쉬었다.

푸스스스.

흙과 모래가 떨어져 내렸다.

억지로 손을 뽑았다. 손톱이 상하고 피부가 긁혀서 까졌다. 그러나 뼈에 큰 이상은 느껴지지 않았다.

"이건…… 도대체……."

진자강 스스로도 믿을 수 없는 괴현상.

왜 이런 일이 벌어졌는가.

의심 가는 것은 백담향 위종에게 공격당해 독을 뒤집어 썼을 때뿐인데.

그때 자신에게 무슨 일이 생긴 것인가.

설마하니…….

"으윽."

진자강은 얼굴이 터져 나갈 것 같은 고통에 오른쪽 안면을 붙들었다. 얼굴뿐 아니라 오른쪽 몸뚱이 전체가 미친 듯이 저렸다.

"으으으으!"

진자강은 바닥에 손을 대고 무릎을 꿇었다. 얼굴에서 비

오듯 땀이 쏟아졌다.

혈도의 내구력이 형편없이 약해졌다. 그에 비해 내공은 지나치게 빨리 움직인다.

썩어서 금방이라도 무너질 것 같은 다리를 묵직한 짐마차가 질주해서 지나가는 것과 같다.

그렇다는 것은 앞으로 내공을 쓸 때마다 이 같은 고통이 계속 수반될 거라는 뜻이다.

혈도가 아물었다가 또다시 파열되고, 아물었다가 파열되고.

계속해서 이런 방법으로 내공을 쓰게 되면?

언젠가는 진자강의 몸이 견디지 못하고 파멸에 이르게 될 것이다.

파괴력을 얻은 대신 미래를 잃었다.

진자강은 섬뜩한 느낌에, 그리고 아직까지도 아려 오는 우반신의 통증에 한동안 자리에서 일어날 수가 없었다.

그러나.

진자강의 고통스럽게 일그러진 눈에는 한 줄기 비웃음이 떠올라 있었다.

고통은 익숙해진다.

그러나 고통이 익숙하지 않은 자들에게는 진자강이 선사할 고통이 매우 끔찍할 것이다.

의도치 않게, 아니 어쩌면 누군가에 의해 의도적으로 얻어진 이 힘은 바로 거기에 쓰이게 될 터였다.

*　　　*　　　*

노인은 말린 감초를 작두로 썰고 있다가 멀뚱히 고개를 들었다.

"응? 왜 또 왔어. 뭐 더 사게?"

진자강이 대답했다.

"자금정을 좀 더 사 가려고요."

사 간 지 일다경도 채 되지 않았다. 노인이 고개를 갸웃거렸다.

"더 달라는 얘기야? 뭐 돈만 내면 주는 거야 어렵지 않지. 얼마나 더 줘?"

"두 묶음 더 주세요."

한 묶음에 사십 알씩이니까 팔십 알이다.

"그래? 아픈 사람이 많은가 보네? 돈은 있지?"

진자강은 대답 없이 은자를 꺼내 들었다.

돈을 본 노인은 더 이상 고민하지 않았다.

"안에 들어와서 잠깐 기다리게. 밖에 있던 건 다 팔리고 포장이 안 되어 있어. 새로 꺼내 올 테니까 안에 와서 앉아 있어. 차도 한 잔 마시고. 내가 잘해 줄게."

노인은 한쪽 구석에 있는 작은 탁자에 차를 내왔다.

"몸에 좋은 차야. 특히나 젊은 친구들에겐 더. 아주 밤에 불끈불끈하지. 이것도 마셔 보고 효험이 있으면 나중에 사러 와. 음양곽에 해구신을 다려 가지고 해서 만든 건데……."

진자강은 자리에 앉지 않고 손바닥을 탁자 위에 올려놓았다.

그러곤 내공을 일으켰다.

몸 안에 강풍이 일었다. 고통이 빠르게 찾아왔다. 내공의 덩어리가 소용돌이처럼 회전했다.

툭 툭, 투툭.

혈도들이 또다시 파열한다.

진자강은 내공을 어깨에 팔 전체로 이동시키며 힘껏 탁자를 눌렀다.

우지끈!

얼기설기 두드려 만든 탁자가 순식간에 주저앉았다. 그 위에 놓여 있던 찻주전자와 찻잔이 떨어져 박살 났다.

콰장창!

"후우, 후우."

진자강의 얼굴에 또다시 땀이 맺혔다. 진자강은 고개를 들어 노인을 노려보았다.

꿀꺽.

노인은 마른침을 삼켰다.

잘못한 게 있어서 말을 할 수가 없었다.

진자강이 나지막이 말했다.

"진짜, 자금정."

진자강의 눈빛이 너무 살벌해서 노인은 오금이 저렸다.

노인은 원래 운이 좋다고 생각했다. 재료값이 얼마 들어가지도 않은 가짜 자금정을 오늘 하루만 열 묶음도 더 팔았다.

독곡에서 문제가 생긴 덕에 자금정의 이름만 달아도 약이 날개 돋친 듯 팔려 나갔다.

솔직히 환약 안에 뭐가 들어갔는지 누가 알겠는가. 적당히 싼 재료 때려 넣고 값비싼 사향 대신 향묘(香猫)의 향낭과 흑목향 등의 여러 재료를 혼합해서 비슷하게 향만 냈다.

그래도 사람들은 좋다고 사 갔다. 사실은 그들도 어느 정도는 알고는 왔을 것이다. 진짜 자금정이라면 은자 반 냥으로는 결코 살 수 없음을.

싼 것만 찾다 보면 어느 정도 감수해야 할 일이 아니겠는가.

그리고 어차피 단골도 아니고 어중이떠중이 같은 녀석이 찾아왔을 땐 더더욱 진짜를 줄 필요를 느끼지 못했었다.

그런데 무림인.

그것도 자금정을 구분할 줄 아는 무림인.

왜 땀을 줄줄 흘리고 있는지는 모르겠지만 저 녀석이 누른 게 탁자가 아니라 자기의 몸이었다면…… 아마 갈비뼈가 몽땅 나갈 것이었다.

결국 노인은 떨리는 걸음으로 서랍 속의 진짜 자금정을 꺼냈다.

저피지 따위가 아닌 목갑(木匣)에 든 자금정이었다. 진짜 자금정, 그중에서도 약효가 높은 최상의 자금정은 가짜에 비할 바가 아니다. 가격만도 일반 자금정에 비해 열 배가 넘는다. 물론 이것은 돈을 준다고 해서 아무에게나 파는 것이 아니다.

진자강은 목갑에 든 자금정을 꺼내 한 알을 맛봤다.

그윽한 풍미. 달큰하고 거부감 없는 향.

아무것도 모르는 사람이라도 이것이 최상급의 환단이라는 걸 알 수 있을 터였다.

"두 묶음. 팔십 정."

진자강이 서툰 짓은 용서하지 않겠다는 투로 잘라 말했다.

노인은 울며 겨자 먹기로 목갑 하나를 더 꺼내 진자강에게 넘겼다.

진자강은 아까 저피지에 가져갔던 가짜 자금정을 내려놓고 진짜 자금정이 든 목갑 둘을 챙겼다. 그리고 은자 반 냥을 옆에 내려놓았다. 아까 반 냥에 사 갔으니 교환한 것과 합해서 한 냥에 사 간다는 뜻이리라.

"이, 이보게 목갑에 든 건 은자 두 냥짜리……."

진자강은 빤히 노인을 노려보았다.

노인은 찔끔했다. 한데 진자강이 물었다.

"홍연(紅沿)도 구할 수 있습니까? 구할 수 있다면 값을 쳐 드리겠습니다."

"호, 홍연?"

홍연이라는 단약은 신체를 강건하게 만들어 몸을 보(補)하는 효능이 있는데, 대개 성욕을 높이는 데에 더 많이 쓴다.

하여 약방이나 의방보다 오히려 홍등가에서 더 유명한 단약이기도 했다. 오죽하면 이것 제조법 하나만 배워 뒤도 나중에 굶을 일은 없다며 약문의 노사 한 명이 알려 준 것이었다. 물론 그때는 진자강이 갱도를 나갈 수 있다면, 이라는 단서를 달았지만 말이다.

어쨌든 이 홍연을 만드는 재료에 여인의 월경혈이 포함되어 있었다.

노인이 어색하게 웃으면서 말했다.

"홍연 말고 아까 마신 차, 그게 훨씬 효과가……."

"홍연. 제대로 된."

"……없네."

청년이 정말이냐는 투로 노인을 노려보자, 노인이 황급히 변명했다.

"제대로 된 홍연을 만들려면 여인의 월경혈이 필요한데 그건 아무 때나 나오는 게 아닐세. 저 앞 기루에서 모레쯤이나……."

"그럼 됐습니다."

진자강은 앞쪽 기루를 바라보았다.

월경혈에 대한 단서까지 얻어 낸 건 나름의 성과였다. 잘 지켜보고 있다가 하녀가 빨래라도 하러 갈 때 월경대를 훔쳐 내면 될 것이다.

第五章

제궤의혈(堤潰蟻穴)

　장씨의 상태는 적어도 겉으로 볼 때 나빠지지는 않았다.

　월경혈과 자금정의 약효가 제대로 들었는지 피부에 돋아났던 자줏빛 종기도 거의 사라진 채였다.

　그러나 아직도 정신이 멀쩡할 때가 적었다. 오히려 간밤에 식은땀을 흘리며 발작을 하는 때가 늘었다. 고통스러운 표정을 짓는 일도 잦아졌다.

　장씨가 중독되어 자리에 누운 지 이미 열흘이 다 되어 가고 있었다.

　진자강은 매일 산을 다니면 약초를 캐고 정성껏 장씨를 돌봤지만, 점점 한계를 느꼈다.

체력적인 한계가 아니라 스스로에 대한 한계다.

'무엇 때문이지?'

자기가 모르는 또 다른 병증이 있는 걸까.

이론적으로 알고 있는 것만으로는 부족한 걸까.

"자강아……."

처음 만났을 때보다 얼굴이 반쪽이 된 장씨가 진자강을 불렀다.

정신이 얼핏 들었는지 퀭한 눈으로 진자강을 올려 보고 있었다.

"쿨러억, 쿨럭."

마른기침을 한 장씨가 진자강에게 물었다.

"나…… 죽냐?"

진자강은 고개를 저었다.

"아뇨. 아저씨가 왜 죽어요. 다 나아가고 있으니까 걱정 말고 좀 더 주무세요."

"흐흐, 그래. 살아야지. 우리 랑랑이를 위해서라도…… 살아야지……."

"꼭 사실 거예요. 저는 산에 좀 다녀올게요."

진자강이 망태기를 들고 나가려는데 장씨가 진자강을 다시 불렀다. 아니, 그건 불렀다기보다는 진자강에게 하는 혼잣말 같은 것이었다.

"나 나으면…… 우리와 같이 살자…… 저 멀리 가서……
농사라도 짓고……."

진자강은 가슴에서 뜨거운 것이 올라와 울컥했다.

진자강 역시 그때의 포근했던 저녁을 잊을 수가 없었다.

진자강은 고개를 끄덕였다.

"알았어요. 그러니까 마음 단단히 먹고 힘내세요."

장씨가 힘없는 목소리로 핀잔을 주었다.

"환자가 어떻게 힘을 내냐, 임마……."

진자강은 어색하게 웃으면서 집을 나왔다.

아직 복수의 대상이 남아 있다.

백리중.

문파간의 분란을 중재하는 무림맹의 조정관이었으며 세
상에 대협객으로 알려져 있던 자.

만일 그가 정의로운 자였다면…… 원칙에 충실한 자였다
면, 진자강은 이렇게 수라장을 헤치며 살지 않아도 되었을
터였다. 원념(怨念)을 품고 수많은 사람들을 죽이지 않아도
되었을 것이었다.

하나 그는 타락했다.

그는 당시에 모든 일을 해결할 수 있는 가장 높은 권력을
가진 자였다.

힘을 가졌으니 누구보다도 공정하고 사심이 없어야 했다.

하지만 그는 자신이 가진 힘을 비리에 썼다. 오히려 스스로가 비리에 앞섰다.

권력의 최정점에 있던 그가 부패함으로써 정의는 사라졌고 법칙은 무너졌으며, 그럼으로써 진자강의 세상은 송두리째 붕괴되고 말았다.

그래서 진자강은 그가 벌을 받아야 한다고 생각했다.

자신의 실정(失政)에 의해 피해자가 된 진자강의 손에 죽어야 했다.

그것이 진자강의 마지막 남은 사명이었다.

하지만…….

하지만 진자강은 지금 이 순간 다시금 강렬한 유혹을 느끼고 있었다.

일상에의 동경.

가슴속 깊은 곳에서부터 진자강이 가장 원하던 저녁.

다시 한 번 그때의 기분을 느끼고 싶었다.

솔직히 말해서 이 정도면 잘해 온 거다. 갱도에 갇혔던 약문의 누구도 진자강이 이만큼 할 줄은 몰랐을 것이다. 그러니까 여기서 멈춘다고 아무도 진자강을 욕할 수는 없을 터였다.

운남을 장악하고 있던 오대 독문을 모두 몰살시킨 것만으로도 대단한 성과다. 거기서 진자강이 뭔가를 더하길 원한다면 그건 그야말로 욕심이 아니겠는가.

하물며 운남 독문이 아닌 무림맹의 심처에 있는 그를 죽여야 한다는 건.

"후우."

진자강은 길게 한숨을 내쉬었다.

'지금은…… 장씨 아저씨의 일만 생각하자.'

진자강은 고개를 흔들어 상념을 털어 버렸다.

'내일까지 차도가 없다면…… 의원을 불러올 수밖에 없겠어.'

월경대를 훔쳐 온 이후 다시 내려가 본 적이 없어 잘 모르지만, 여전히 마을에는 강호의 눈이 많을 터였다. 의원을 불렀다가 독곡과 관련이 있다는 것이 드러나면 장씨가 피해를 입을까 그게 걱정스러웠다.

하지만 이대로 장씨가 낫지 않는다면 위험을 무릅쓰고서라도 의원을 부를 수밖에 없었다.

하나 상황은 진자강이 전혀 생각하지 못한 방향으로 진행되어 가고 있었다.

"……."

진자강은 매일 약초를 캐기 위해 오르던 산길에서 누군가의 흔적을 발견했다.

그것은 눈여겨보지 않으면 알아채기 어려운 작은 발자국

이었다.

나무 아래. 약초를 캐려 낙엽들을 치우다가 본 부엽토(腐葉土) 위에 찍힌 둥그런 앞꿈치의 자국.

진자강은 나무 위를 올려다보았다. 누구인지는 몰라도 나무 위에 있다가 뛰어내린 것이다.

'이렇게 부드러운 흙인데 발자국 전체가 찍혀 있지 않고 앞꿈치만…….'

경신법이 뛰어난 고수다. 보통 사람이었다면 몸의 무게가 다 실려서 발자국 전체가 깊게 남았을 터였다.

진자강은 낙엽을 덮어서 흔적을 보지 않은 것처럼 위장해 놓았다. 이어 주변에서 나무 열매를 따 먹고 껍질을 주변에 흩어 놓았다.

그러곤 다시 아무 일 없었던 것처럼 산행을 계속했다.

본래는 이튿날 의원을 찾으러 내려가려 했던 진자강이었으나 그날도 산행을 했다.

진자강은 산을 다니면서 자신이 어제 던져둔 열매 껍질들을 확인했다. 껍질이 밟히거나 깨져 있는 게 보였다.

누군가 이곳을 배회하고 있었다!

그것도 하나둘이 아니었다.

적어도 서너 명 이상.

'밤에 지켜보고 있거나 내가 오면 피하는 것 같다.'

진자강은 어제와 똑같이 약초를 캐면서 나무 열매를 따 먹고 껍질을 적당한 데에 던져두었다. 이번에는 그 주변이 아닌 다른 곳에도 던져뒀다.

그리고 그 이튿날 확인해 보니 새로운 껍질들이 곳곳에서 밟혀서 깨져 있었다.

분명하다. 저들의 목표는 자신이다.

그러나 아직까지 행동을 하고 있지 않고 지켜만 보고 있다는 것이 마음에 걸린다. 위험을 제거하기 위해 모두 죽여 버리는 방법을 택해야 할 수도 있으나, 아직 피아(彼我)를 구분을 할 수 없는 것이다.

'어떤 자들이지?'

지금은 함부로 움직일 수가 없었다. 좀 더 시간을 두고 저들의 정체와 진짜 목적을 확인해 봐야 한다.

그러나 안타깝게도 진자강에게는 시간이 없었다.

장씨의 상태가 최악으로 치닫고 있었던 것이다.

'아저씨!'

이제 진자강은 정말로 선택의 여지가 사라졌다.

진자강은 심호흡을 하고 생각했다.

자신이 마을에 다녀올 동안, 그리고 자리를 비우고 다녀와서 벌어질 일에 대해 준비를 해 둬야 했다.

'이용할 수 있는 것은……'

장씨의 집 근처에 밭처럼 주렁주렁 자라고 있는 야생 호리병박.

나무며 담을 타고 줄줄이 열려 있어 사용하기에 충분한 양이 있다. 호리병박은 약재로 쓰거나 안을 파내 호리병을 만드는 데 쓰는 박이다.

심한 종기와 옴을 치료하는 효과가 있어서 장씨를 치료할 때 쓰기도 했었다. 그러나 약간의 독성이 있어서 사용에 주의해야 할 부분이 있었다.

박 하나의 독성은 적지만 그것을 모조리 씹어 독기만을 추출해 내면 훌륭한 극독이 된다.

'하지만 박을 쓰기엔 시간이 없다. 다른 것은……'

진자강은 어제 산을 돌다가 발견한 끼무릇을 떠올렸다.

끼무릇은 여름의 중간에 꽃이 핀다고 하여 반하(半夏)라고 부르는데 키가 무릎 정도까지 오며 잎자루의 끄트머리에 세 개의 겹잎이 자라는 풀이다.

진자강은 바로 그쪽으로 가서 양을 확인했다. 음습한 숲에 끼무릇이 잔뜩 자라 있었다.

한 포기를 뽑아서 줄기 부분을 손으로 문질러 보았다. 문지를 때마다 줄기에서 가루처럼 떨어지며 코를 찌르는 썩은 내가 풍겼다.

'줄기는 냄새가 고약하지만 독이 없다.'

진자강은 뿌리를 똑 떼어 냈다. 뿌리는 둥그런 덩이줄기로 되어 있었다. 이 부분은 유독한 성분이 있어서 약재로 쓸 때에 충분한 법제를 거쳐야 한다.

진자강은 뿌리를 씹어 봤다.

대부분의 독초가 그러하듯 혀가 아릴 듯이 쏘아 오며 맵다. 입 안이 한동안 얼얼했다.

진자강은 잠시 생각하다가 고개를 끄덕거렸다.

'이 정도면 됐다.'

누군지 모를 불청객이 열 명 정도라 가정했을 때, 최소한 일 광층의 독을 단전에 쌓아 놔야 했다. 그러나 끼무릇 한 포기가 가진 독의 양은 매우 미미하다. 일 광층 이상을 쌓으려면 적어도 수백 포기를 씹어 독을 흡수해야 한다.

그것도 시간이 없기 때문에 최대한 빨리.

"후."

진자강은 입을 크게 벌렸다가 앙다물기를 하며 턱을 풀었다.

아마 한동안 굉장히 턱이 아플 듯했다.

진자강은 끼무릇을 뽑아 줄기와 뿌리를 분류하며, 뿌리를 씹기 시작했다.

*　　　*　　　*

진자강은 집으로 돌아와 광에서 찹쌀과 멥쌀이 있는 것을 확인했다.

찹쌀과 멥쌀을 절구로 짓찧어 가루로 만들고, 그것을 겉보리와 함께 섞어 솥 위에 넣어 불에 걸었다.

오랜 시간 약한 불로 고아야 하기 때문에, 진자강은 천천히 주걱으로 내용물을 저으면서 독을 사용하는 방법에 대해 고민하기 시작했다.

'그동안은 늘 손톱 부근을 물어뜯어서 독액을 빼내어 사용했지.'

수많은 연습을 통해 단전에 쌓아 놨던 독기를 소택혈까지 옮기는 데에 들어가는 시간을 줄였다. 게다가 이번에 벌어진 몸의 변화로 인해 혈도가 넓어짐으로써 그 속도는 훨씬 빨라지게 됐다.

그러나 그 독액을 빼내기 위해서는 여전히 살 거죽을 이빨로 뜯어야 하니 시간이 걸린다.

'독을 좀 더 수월하게 쓸 수 있는 방법은 없을까.'

진짜 최상위 독공의 고수들은 장심에서부터 마음대로 독기를 뽑아내 쓸 수 있다고 한다.

그들은 어렸을 때부터 비전의 심법으로 체내에 독을 쌓

는다. 단전에 독기를 쌓아 소모성으로 사용하기도 하고, 아예 뼈 안의 골수를 독수(毒髓)로 바꿔 버려 무한정으로 사용한다고도 했다.

그리고 필요한 때에 장력에 독기를 담아 자유로이 발출할 수 있는 것이다.

진자강도 해 보려 했지만 잘되지 않았다. 독을 내공에 실어 체외로 뿜어내려면 역시 특수한 내공의 운용법이 필요하다. 그리고 그것은 매우 비밀리에 전해지는 문파마다의 비전이다.

하여 그보다 떨어지는 수준에서는 장갑에 독을 발라 쓰거나, 독주머니를 터뜨리는 방식으로 이용한다. 이제껏 보아 온 독문의 고수들 대다수가 그런 방법으로 독을 썼다.

앞으로 얼마나 높은 수준의 고수들과 싸우게 될 일이 있을지 알 수 없는 노릇이지만, 살아남기 위해서는 사소한 것이라도 늘 준비해 둬야 한다.

"소택혈을 물어뜯고 나서 아예 아물지 않으면 좋을 텐데."

진자강의 피부는 상처가 나도 매우 빠르게 아문다.

진자강은 새끼손가락을 들어 보았다. 매일 새끼손가락의 끝을 깨물어 독을 뽑아냈음에도 흉터도 없이 벌써 아물어 있다. 벌써 너덜너덜해져 있어도 이상하지 않을 텐데 말이다.

진자강은 단도를 꺼내 소택혈을 그었다.

피도 나지 않았다. 그동안 어찌나 요령이 붙었는지 피도 안 나오게 소택혈만 정확히 그어서 독액만 나오게 할 수 있었다.

"어쩔 수 없지."

귀찮아도 당분간 매일 아침 일일이 소택혈을 그어 놓을 수밖에 없었다. 언제라도 독액을 뽑아내어 쓸 수 있도록.

한나절을 내내 고아 솥 안의 내용물들이 끈적끈적하게 변했다.

맛을 보니 달짝지근하다.

이당(飴糖)이라고 하여 약방에서는 피로함이나 과로에 좋고, 허약함을 건강하게 만들어 주며 변비 등의 처방에 쓰인다. 하지만 보통 민간에서는 그냥 엿이라고 불린다.

진자강은 엿을 만든 것이다.

물론 만드는 방법만 알고 제대로 전수를 받은 것도 아니라 맛이나 상태는 그저 그랬다.

진자강은 솥을 내리고 식히면서 내용물들을 꺼내 아기 주먹만 한 크기의 덩어리로 빚었다. 소쿠리에 담아 말렸다.

준비를 마치고 나자 방으로 갔다.

"흐으...... 흐으......"

장씨의 숨소리가 어제보다 한결 약해졌다.

진자강은 장씨의 손을 꽉 쥐었다.

"견디세요, 아저씨. 지금 가서 의원을 불러올 겁니다."

진자강의 말을 알아들었는지 장씨의 손에 희미하게 힘이 들어갔다.

진자강은 바로 집을 나와 운화촌으로 향했다.

운화촌까지는 한 시진 이상을 꼬박 걸어야 한다.

진자강은 서두르지 않았다. 걸음은 빨리할지언정 마음은 최대한 평정심을 유지하려 노력했다.

하지만 진자강의 평정심은 오래갈 수 없었다.

마을 쪽으로 가는 언덕의 오솔길.

운화촌까지의 거리가 반 정도 남았을까 한 때였다.

길 옆쪽 나무 그늘 아래, 평평한 바위에 앉아 있는 한 명의 미부(美婦)가 보였다.

머리를 틀어 올리고 굵은 비녀를 꽂았으며 위아래 길이가 짧은 웃옷 조끼를 걸쳤다. 배 쪽으로부터 주름이 날렵하게 떨어지는 옥색 치마 월화군(月華裙)을 입었다.

언뜻 보기에도 상당한 미인이었다. 한데 얼음처럼 냉막한 표정을 짓고 있어서 차가운 인상을 주었다.

젊은 나이는 아니었다.

'서른 아니면 마흔?'

느껴지는 기품은 미부가 중년의 나이쯤 되었다는 느낌을

주게 하였으나 좀처럼 나이가 짐작되지 않는 얼굴이었다.

미부는 옥으로 만든 찻잔과 찻주전자를 놓고 있었다. 마치 나들이라도 나온 듯한 모습이었으나, 진자강은 본능적으로 미부가 자신을 기다리고 있었다는 것을 알았다.

찻주전자에서는 김이 나고 있고, 찻잔은 두 개였다.

진자강은 모른 척 지나가려 했다.

그러나 중년 미부를 두어 걸음 지나쳐서 발을 떼는 순간, 미부의 목소리가 들려왔다.

"사람이 기다리고 있는 걸 보면서 모른 척 지나가는 것도 실례라네, 소협."

갑자기 심장이 강하게 뛰었다.

찌르는 듯한 살기는 아니다. 그런데도 몸이 위험하다는 경고를 보내고 있었다.

진자강은 앞으로 나아갈 수가 없었다.

눈앞에 보이지 않는 선이 그어져 있어서 그것을 넘어가면 발목이 뭉개져 버릴 것 같은 압박감이 들었다.

어쩔 수가 없었다.

"후."

진자강은 심호흡을 해서 마음을 가라앉힌 후 돌아섰다.

중년 미부가 차가운 얼굴로 손을 들었다.

양쪽 팔과 어깨에 길게 두른 반투명한 비단 천인 피견(披

肩)이 부드럽게 흘러내렸다. 중년 미부는 피견을 한 손으로 걷고 다른 손으로 앉으라고 자리를 권했다.

진자강이 미부의 앞에 앉았다. 미부가 차를 따라 찻잔을 건네주었다.

겉보기에는 그저 평범하게 높은 지위의 부잣집 마님과 같은 모습이었다. 그러나 동작 하나하나가 절제되어 있고 조금도 손을 떨지 않았다.

진자강에게 차를 따라 준 미부가 찻주전자를 내려놓고 진자강을 향해 자신의 비어 있는 찻잔을 내밀었다. 자신의 것도 따라 달라는 뜻일 터이다.

진자강은 찻주전자를 들었다.

갑자기 찻주전자가 휘청거렸다.

마치 사로잡힌 잉어처럼 요동을 쳤다. 꽉 잡지 않으면 손에서 튀어 나갈 뻔했다.

덜덜덜.

찻주전자가 심하게 흔들렸다.

진자강은 찻주전자를 꽉 잡고 뚜껑을 열어 보았다.

안에서 찻물이 스스로 소용돌이치며 돌고 있었다.

그 기이한 광경에 진자강은 할 말을 잃었다.

계속 그렇게 되는 건 아닌 듯, 찻주전자를 꽉 잡고 기다리자 진동이 점점 가라앉았다.

진자강은 침착하게 찻주전자를 들고 미부의 찻잔에 따랐다.

그러나 차를 다 따른 후에는 고개를 들어 미부를 노려보았다.

미부는 여전히 냉막한 얼굴이었다.

방금, 그 사소한 일을 통해 진자강의 무공 수준은 미부에게 간파되었다.

"근력은 있으나 내공도 없고 쓸 줄도 몰라. 섬세한 무기를 다룰 만한 솜씨를 가지지 못했군. 힘쓰는 데에는 익숙해 보이나 손이 거칠지 않고 아낙의 손처럼 뽀얀 것은 묘한 노릇이야."

그러나 진자강은 아무 말도 않고 그저 노려보기만 했다.

누구냐, 무슨 의도로 내게 접근했느냐 하는 말을 물어봄 직한데 아무것도 묻지 않았다.

그 묵직한 침묵에도 미부는 끄떡도 하지 않았다. 진자강의 서늘한 눈빛을 받아넘기며 차를 마시려 했다.

"들지."

하지만 그런 미부의 눈빛이 변한 것은 금세였다.

멈칫.

미부는 차를 마시려다 말고 시선을 천천히 내려 찻잔을 보았다.

"차가 상했군?"

언뜻 감탄이 섞인 말투였다. 처음으로 감정을 드러낸 것이다.

미부가 살짝 호흡을 고르는 듯하더니.

갑자기 찻잔에서 김이 났다.

부글부글.

찻잔 안의 차가 끓기 시작했다. 미부의 하얗고 가는 손가락이 시뻘겋게 되어 있었다.

고도의 내공 운용!

진자강이 처음 보는 내공의 소유자다.

아마 이 정도면 진자강이 이제까지 만난 무인들 중 최고의 수준에 꼽힐 정도일 것이다.

진자강은 단정할 수 있었다.

'최악.'

어쩌면 진자강은 최악의 상황에 마주한 것인지도 모른다.

진자강은 미부의 행동을 가만히 지켜만 보고 있었다.

진자강이 찻주전자에 흘려 넣은 독도 차가 끓으면서 함께 증발해 버렸다. 미부가 찻잔 위로 소매를 휘저어 독이 서린 김을 날려 버리곤 차를 식혀 한 모금 마셨다.

"차를 두 번 끓이면 차 맛이 변한다네."

그제야 진자강도 입을 열었다.

"저를 왜 찾아오셨습니까?"

"소문을 확인하러 왔지. 사실 소문이 과장됐나 싶어서 실망하던 차였는데 의외로 소문보다 못하진 않군? 아직 이 정도로 어떻게 백담향을 죽였는지는 의문이지만."

백담향 위종이 결국 죽은 게 맞나?

진자강이 물었다.

"그는 어떻게 죽었습니까?"

미부의 눈이 가늘어졌다. 진자강을 의심하는 듯한 눈빛이다.

"팔이 뽑히고 머리가 터져서."

진자강은 아무렇지 않게 대답했다.

"그렇군요. 그럼 제가 한 일은 아닌가 봅니다. 복수하러 오셨습니까?"

"복수?"

미부의 눈에 조소의 빛이 스쳐 지나갔다.

"백담향 따위를 위해 복수를 해야 한다라…… 그자의 영정(影幀) 앞에서 눈물을 흘릴 만한 사람이라면 복수를 운운하겠지. 하지만 본래 그는 죽어 마땅한 자였다네."

미부가 잠깐 말을 끊었다가 다시 물었다.

"하면, 소협이 한 짓이 아니다?"

"그렇습니다. 믿으실지 안 믿으실지 모르겠습니다만."

"믿고 안 믿고는 내가 판단하네. 소협은 그저 있는 그대로만 말하면 돼."

굉장한 독선(獨善).

스스로의 무력과 안목에 자신이 있지 않으면 할 수 없는 말이다.

"그러지요. 저는 위종을 죽이지 못했습니다."

미부가 중얼거렸다.

"복잡해. 좋지 않게 되었어."

진자강은 굳이 미부가 왜 그런 말을 하는지 묻지 않았다. 복수는 간단해야 한다. 죽일 놈을 죽이면 된다. 그것이면 족하다.

앞으로 큰일을 할 인물이고…… 집에 부양가족이 몇이 있으며…… 그가 강호를 위해 쌓은 업적이 얼마고…….

다 필요 없다.

죽어야 할 짓을 했으면 죽일 뿐이다.

사정을 헤아려 복수에 이용할 수는 있을지언정, 이런저런 사정을 다 따지다 보면 복수에 대한 마음은 점점 요원해질 뿐이다.

특히나 정파의 총아인 무림총연맹의 협객 백리중을 상대하려면 이 정도의 마음가짐으로도 부족할지 모르는 일이다.

그래서 진자강은 묻지 않았다.

그 모습이 희한하게 보인 모양인지, 미부가 진자강을 묘한 눈빛으로 쳐다보았다.

"소협은 혹시 사갈독왕(蛇蝎毒尫)이란 별호를 알고 있는가?"

"모릅니다."

의미는 알아들었다.

독왕의 '왕'은 임금 왕(王)이 아니라 절름발이를 뜻하는 왕(尫)이다. 분명히 진자강을 칭하는 말이리라.

그러나 진자강은 들어 본 적이 없다.

"워낙 손속이 잔혹하고 독을 잘 써서 그런 별호로 불린다 하더군. 흑도(黑道)에서 심혈을 키워 낸 젊은 고수라고. 그런 얘기는 들어 본 적 없나?"

"없습니다."

"그래…… 당연히 그래야 하는 일이겠지. 나도 거기에 관련된 일을 전혀 보고받은 기억이 없으니까 말이야."

미부의 말투에서 진자강은 그녀가 흑도, 그러니까 사파의 인물이라는 걸 깨달았다. 그것도 상당한 고위급이다.

"그럼 자네는 어디서 왔지?"

평범한 어조로 묻는 말투였으나 소리가 귀를 파고들었다.

이런 압박은 진자강도 처음이다. 분명히 온화하게 들리는데 살기를 줄기줄기 뿌리는 것에 뒤지지 않는 강압적인 힘이 있었다.

진자강은 인상을 쓰며 입을 다물었다.

강압적으로 묻는 데 대해 불현듯 뛰어나온 반발심 때문이다.

미부는 진자강을 응시하다가 아주 약하게 실소를 지었다.

"자네…… 어지간히 다루기 힘든 상대로군그래. 소협이 내 앞에서 그런 표정을 짓고 있는 걸 본인의 친구들이 본다면 매우 놀랄 것이야."

"대답하는 것은 어렵지 않습니다만, 내가 왜 그래야 하는지 모르겠으니까요."

"자네가 우리에게 피해를 입히고 있으니까."

"제가 말입니까?"

"운남의 정파 수뇌부 백 인이 사망했고, 운남의 오대 독문을 비롯한 독문 인사들이 일거에 주검이 됐지. 기존에 운남을 장악하고 있던 세력히 한순간에 사라졌다네. 살아남은 사람은 전무. 유일한 이로 지목되고 있는 건 사갈독왕, 바로 소협이지."

독곡에 모였던 인물들 모두가 전멸했다.

살아남은 사람이 없다…… 그것은 누군가 다른 세력의 개입이 있었다는 뜻이다.

그렇다면 진자강의 몸에 생긴 변화 역시 그들에 의해서 이루어졌을 가능성이 크다.

진자강은 내색하지 않았으나 천천히 곱씹고 있었다.

자신을 이용하고 있는 자, 그들 역시 언젠가 대가를 치러야 할 것이다.

진자강은 잠시 생각하다가 말했다.

"독문의 반은 제가 죽인 게 맞습니다. 하나 정파와 백담향 위종, 그자들을 죽인 게 누구인지는 저도 모릅니다."

"그걸 나더러 믿으라는 겐가? 그리고 그 속에서 소협만이 살아남았다?"

"믿고 안 믿고는 부인께서 판단하실 일입니다."

자기가 한 말을 돌려받은 미부가 가볍게 코웃음을 쳤다.

"좋아. 하면 소협의 생각을 들어 보지. 지금의 운남은 완전한 무주공산일세. 이런 가정이 가능하겠지. 누군가 운남을 차지하기 위해 일부러 독곡에서 학살을 벌였다면? 그게 누구겠는가?"

"모릅니다. 알았다면 이미 죽였을 겁니다."

미부의 눈이 가늘어졌다. 어이없거나 혹은 진자강의 말에서 무언가 특이한 점을 찾아내기라도 한 모양이었다.

"그 사건의 범인으로 자네가 지목되고 있고, 자네는 흑도가 키워 낸 살인 무기일세. 그러면 당연히 배후에 우리가 있다고 사람들이 의심하지 않겠는가."

진자강은 담담하게 되물었다.

"사실이 아니잖습니까?"

"아니지. 자네는 사갈독왕이 아니고, 우리는 사갈독왕을 키워 낸 적이 없으니까."

"그런데도 문제가 됩니까?"

"되지."

"사실이 아닌데 문제가 됩니까?"

"되지."

미부가 유독 싸늘하게 입술을 일그러뜨리며 말했다.

"원래 사람들은 믿고 싶은 걸 믿는 법이라네. 그럴듯한 증거를 내놓고 그들이 믿고 싶어 하는 말을 들려주면 그게 진실이라고 믿지."

단순히 세상을 비웃고 조롱하는 말이 아니라 한이 맺힌 말투였다.

"지금의 운남은 완벽한 무주공산(無主空山)! 사람들은 우리가 운남을 차지하기 위해 이번 일을 꾸몄다고 본다네!"

하지만 진자강은 미부의 말에 더욱 냉소했다.

"사람들이 그걸 왜 믿습니까? 사람들은 믿고 싶은 걸 믿는다고 했지요. 그럼 그들은 왜 그 말을 믿고 싶어 합니까?"

진자강은 자신을 가만히 바라보는 미부에게 날을 세웠다.

"부인의 말은 잘못됐습니다. 사람들이 믿고 싶어도 믿어지지 않으면 믿지 않을 겁니다. 당신들 사파가 해 온 짓이 있으니까 당연히 이번에도 그럴 거라고 믿는 거겠죠."

미부는 동요하지 않았다.

"소협은 흑도에 원한이 있는가? 어째서 흑도를 미워하지? 아니, 흑도에 대해 알고 있는가?"

"녹림, 수적, 비적, 하오문. 세상을 좀먹고 민심을 어지럽히는 이들을 미워하지 않는다면 누구를 미워하겠습니까?"

미부는 굳이 변명하지 않고 오히려 되물었다.

"하면 소협은 당대의 정파가 선한 뜻을 지니고 강호의 협과 도의를 잘 지키고 있다 생각하는가?"

"그것은……."

진자강은 당연히 그렇지 않겠느냐고 대답을 하려다가 오조문의 추사진이 생각났다. 또한 독곡을 쳐들어왔던 운남 정파인들이 보인 흑심도.

그래서 진자강은 대답할 수 없었다.

미부가 말했다.

"강호의 지주(支柱)로 불리는 소림사조차도 한때는 풀만 먹고 사는 사마의 무리라며 끽채사마(喫茶邪魔)로 불린 적이 있었지. 내 그렇다고 해서 굳이 우리를 옹호하지는 않겠네만, 명암(明暗)은 어느 쪽이든 있는 걸세."

진자강은 자신이 언젠가 오조문의 추사진에게 했던 말과 다르지 않다는 걸 깨닫고 수긍했다.

"부인의 말씀이 옳습니다. 선입견을 잊고 훈계를 새겨 두겠습니다. 그리고 언젠가 제가 세상의 명암을 명확히 깨닫는 날이 온다면 사과드리도록 하죠."

미부가 비웃었다.

"말은 청산유수(青山流水)로군. 내 소협에게 한 가지 옛 날이야기를 전해 주지."

미부가 말을 이었다.

"강호에서 협객이라 불리는 사내가 있었다네. 호협(豪俠)이며 동시에 의인(義人)이어서 뭇 여인들이 사내를 연모했지. 내가 얘기하고자 하는 한 젊은 처녀 또한 뭇 여인네들 중의 하나였다네. 그런데 놀랍게도 사내가 뭇 여인들을 모두 뿌리치고 젊은 처녀에게 다가간 것이라네."

미부의 얘기는 계속되었다.

"그러나 사내의 목적은 처녀의 가문이 가진 비급이었지. 비급을 얻고 난 사내는 매몰차게 처녀를 내쳤을 뿐 아니라, 처녀의 가문마저도 멸살(滅殺)시켜 버렸다네."

미부가 차를 마시면서 말을 이었다.

"그리고 그 환란(患亂) 중에 처녀의 가문은 사마외도의 무리로 매도되어 강호의 공분을 샀으며, 몇 남지 않은 후손들은 명예를 회복할 기회도 찾지 못한 채 사람들의 눈을 피해 살고 있지."

미부의 표정은 굉장히 싸늘했다.

"어떤가? 소감이."

진자강은 아무렇지 않게 대답했다.

"그자를 죽여야겠군요."

너무나도 간단한 진자강의 말에 미부가 갑자기 웃음이 터졌는지 큰 소리로 웃었다.

"하하하—!"

묘하게도 소리가 밖으로 퍼지지 않고 바위 근처에서만 맴돌았다.

진자강은 긴장하지 않으려 하였으나, 마른침이 넘어갔다.

상상도 못 할 고수.

기막(氣膜)으로 소리를 차단하는 고수가 있다는 건 어렸을 때부터 말로만 들었지 실제로 본 건 처음이었다.

"아아! 오랜만에 정말로 유쾌하군, 그래. 하지만 그게 쉬운 일은 아니지 않은가."

미부의 표정이 많이 부드러워졌다. 미소를 머금으니 확실히 미인이었다.

"아니, 이런 말은 소협에게 실례가 되겠군. 약문의 후손으로 별다른 조력도 없이 운남의 오대 독문을 몰살시킨 소협 본인에게는."

도대체 이 미부는 어디서부터 어디까지 알고 있는 것인가. 알고 있으면서 확인을 하고 싶었던 것인가?

진자강은 더 숨길 필요가 없다 생각하고 솔직하게 대답했다.

"그렇습니다. 나는 약문의 일원이며 백화절곡의 후계자입니다. 이것은 나의 사사로운 복수이고 사문의 복수이며 비명에 억울하게 죽어 간 운남 약문의 복수입니다."

"그럼, 독문을 멸문시킨 시점에서 소협의 복수는 끝난 것인가?"

"아뇨. 아직 끝나지 않았습니다."

미부가 찻잔을 놓으며 말했다.

"이 정도면 충분하지 않은가. 이제 그만두게. 이것은 순수하게 소협을 위해 하는 조언일세."

물론 진자강은 그 말을 받아들이지 않았다.

"그만둘 거면 시작도 하지 않았습니다."

자신의 선의가 거절당했음에도 미부는 화를 내지 않았다.

오히려 다시금 미소를 지었다.

미부가 물었다.

"자네가 아직까지 살아 있는 것에 대해서 의문을 가진 적은 없는가?"

진자강은 미간을 찌푸렸다.

아직까지 귀에 남아 있는 '고생했다…….'는 말. 그 말이
떠올라서다.

"누군가 저를 이용한다는 건 알고 있습니다. 그러나 제
길에 방해가 되면 모두 죽일 겁니다."

"소협의 의지는 인정하네. 오대 독문을 지워 버린 것도
대단한 업적. 하지만 운남 독문으로 끝내지 않으면, 이 뒤
로는 소협이 감히 감당하기도 힘든 어려움이 기다리고 있
을 걸세. 복수가 목적이라면 복수를 위해 몸을 낮추는 것도
군자의 도리라고 하였네."

"지금껏 제가 감당할 수 있기에 도전한 일들은 없습니다."

진자강은 가진 능력이 없었기에 매번 목숨을 걸고 싸워
야 했다. 늘 칼날 위에서 자신보다 강한 자들과 싸워 왔고,
죽었다. 그리고 살아남았다.

"끝까지 계속하겠다는 건가?"

"그렇습니다."

미부가 입꼬리를 올려 웃으며 말했다.

"그렇다면 나는 지금부터 소협을 좀 이용해야겠네. 소협
이 말했듯이 죽여야 할 것들이 있어서."

진자강은 조금도 물러서지 않았다.

"저를 이용하셔도 좋습니다만, 대가를 치르셔야 할 겁니

다."

"대가는 지금 치르도록 하지."

"그게 무슨……?"

"소협에게 복수할 수 있는 힘을 주겠네."

갑작스레 공기가 변했다. 주변의 풍경이 일그러지고 진자강을 감싼 모든 것들이 진자강을 향해 수군거리기 시작했다.

진자강은 자신을 가운데 두고 수백 명이 떠들어 대는 시장통에 와 있는 것 같은 기묘한 착각이 들었다. 풀도 나무도, 심지어 공기마저도 누군가의 제어하에 있어서, 별개의 존재인 진자강을 수상쩍게 여기기 시작했다.

진자강을 둘러싼 모든 풍경이 진자강 본인만을 제외하고는 다른 이의 조종을 받고 있었다. 진자강이 한마디만 잘못하면 순식간에 적으로 돌아설 거라는 걸 노골적으로 드러내고 있었다.

진자강이 하기에 따라 진자강은 대자연, 혹은 그 대자연을 조종하는 존재와 싸워야 하는 것이다.

바로 눈앞에 있는 여인.

미부가 진자강을 향해 말했다.

"나의 이름은 단령경. 강호에서는 나를 여의선랑(如意仙娘)이라고 부르지!"

미부의 전신에서 뜨거운 열기가 이글이글 피어오르고 공기가 달궈졌다.

진자강은 숨이 턱 막혔다.

설마하니 그 이름을 여기에서 자기가 들을 줄 몰랐다.

백화절곡에서 살던 그 어릴 때조차 들어왔던 이름이었다.

서림검파 무당종주(西林劍派 武當宗主).

산동요화 여의령주(山東姚華 如意令主).

태행산의 서쪽 백도의 검파 중에 최고로 무당파가 있다면 동쪽 산동의 사파 쪽에는 무소불위(無所不爲)의 권력을 가진 영주가 있다고 했다.

전자는 당대의 무림총연맹 맹주인 무당파의 해월 진인을 두고 한 말이며, 후자는 산동을 본거지로 삼고 있는 사파의 절대적인 대모(大母)이자 여장부인 여의선랑을 두고 한 말이었다.

비록 그때 이후로 팔 년이 더 지났지만 한 시대에 이름을 떨친 인물의 위상이 어디 가겠는가.

진자강은 오싹해졌다.

'이거 생각보다 위험하군.'

단순히 사파의 고위직이라 생각했는데 생각 이상의 거물

이었다. 자기에 대해 알고 있는 게 이상하지 않을 정도로.

그런 거물이 자신을 찾아온 것이다.

"나의 이름과 내가 가진 조직과 또한 나의 무공이 네 편이 되는 것이다. 너는 네가 원하는 복수를 하고, 나는 내 복수를 한다. 어떤가?"

손을 잡는다.

도움을 받는다.

이만한 고수의?

이게 어찌 마다할 일인가!

그러나 진자강은 대답하지 않았다.

더 이상 소협이라거나 존중하는 말투를 쓰지 않는 것으로 보아, 단령경은 완전히 본색을 드러낸 것 같았다.

그러면서 내뿜는 기세가 점점 강해져 진자강의 피부가 뜨끈뜨끈 달아오르기 시작했다.

진자강과 단령경을 둥글게 감싸고 있는 기의 막 안에서 숨쉬기가 곤란해질 정도로 열기가 피어올랐다. 외부로 배출되지 않고 기의 막 안쪽에서만 열기가 올라가고 있다.

훅…… 훅…….

진자강은 호흡이 거칠어졌다.

이마에서 땀이 흐르고 등줄기가 축축하게 젖어 온다. 땀이 흘러 코와 턱에서부터 뚝뚝 떨어졌다.

이대로 진자강을 질식시킬 작정이기라도 한 것일까?

정작 미부는 머리카락이 하늘거리고 옷깃이 치솟아 있을지언정 땀 한 방울 없이 멀쩡하다.

진자강은 안다.

진자강이 중요해서가 아니다. 이만한 고수가 무엇이 아쉽다고 굳이 진자강을 영입하겠는가.

'미끼……!'

미끼다.

진자강을 미끼로 삼아 덫을 놓고 이번 일의 진짜 배후에 있는 자를 끌어내려 하는 것이다.

이미 진자강을 이용해 운남 독문을 무주공산으로 만드는 데 성공한 자들을 말하는 듯했다. 아마도 그자들이 여의선 랑이 노리는 자들일 가능성이 컸다.

다만 단령경은 스스로가 진자강을 이용하는 대신 대가를 치르겠다고 했다.

얽히고설킨 복잡한 강호의 인연이 진자강을 소용돌이의 중심으로 끌어당기고 있었다.

비록 뜨거운 열기에 질식할 정도의 협박을 받고 있는 상황이라 하더라도 달콤한 유혹이다.

'여의선랑의 도움을 받으면 훨씬 수월하게 복수할 수 있다!'

하지만 치명적이다.

진자강은 단령경의 제안에 숨겨진 치명적인 위험을 깨달았다.

'여의선랑의 도움을 받는 순간, 나는 더 이상 사파와의 관계를 부정할 수 없게 될 것이다.'

이것은 마귀의 유혹이었다. 진자강의 손에 독이 묻은 날카로운 비수를 들려 주고, 진자강의 발목에 영원히 따라다닐 족쇄를 채우기 위해 끊임없이 손을 뻗는.

턱.

진자강은 심한 압박을 견디기 힘들어 앞으로 몸이 기울어졌다.

"헉…… 헉…….."

하나 그럼에도 땀을 줄줄 흘리면서 여의선랑을 올려다보았다.

그리고 말했다.

"거절하겠습니다."

단령경이 이해하기 어렵다는 듯 물었다.

"왜지? 흑도와 어울린다는 말이 듣기 싫은가?"

진자강은 눈을 감았다가 뜨며 대답했다.

"지옥에 끌려가기 직전에 배운 바가 있습니다. 복수를 남의 손에 맡겨선 안 된다는 것 말입니다."

"네가 선택할 수 있는 처지라고 생각하는가?"

단령경의 눈 끝에 서느렇게 푸르스름한 기운이 맺혔다. 순간 기막의 안쪽 열기가 극에 달했다.

아지랑이 때문에 시야가 흔들릴 지경이었다.

단령경이 낮은 목소리로 말했다.

"버릇없게 구는 것도 정도껏 하거라."

"저는 제가 버릇이 없다고 생각하지 않습니다만. 아? 아닙니다. 어쩌면 그건 제…… 헉헉, 착각인지도 모르겠군요."

"음?"

진자강은 진땀을 줄줄 흘리면서도 얼굴을 일그러뜨리고 웃었다.

"제게 그런 말을 하려던 사람은 다 죽어서."

진자강은 모아 놨던 끼무릇의 독 일 광층을 끌어 올렸다. 한 타래의 끼무릇 독은 열 명 이상의 건장한 성인을 죽일 수 있는 양이다.

아침에 미리 그어 두었던 새끼손가락의 소택혈의 벌어진 살을 통해 진액이 흘러나왔다. 진액은 둥그런 기막으로 둘러싸인 안의 열기로 인해 삽시간에 기화(氣化)했다.

확!

눈 깜짝할 사이에 기막 안에 독이 퍼졌다. 기막 안은 수

증기가 차오른 것처럼 뿌예졌다. 이 같은 일은 단령경도 미처 예상하지 못한 상황이었다.

끼무릇의 독은 호흡을 마비시키고 사지가 경련하며 마비되게 만든다. 독기를 정제하여 순수하게 농축된 독액의 정수이기 때문에 그 효과는 매우 빠르다!

진자강도 눈의 점막에 독기가 배어 쓰라리고 눈물이 났다. 목이 붓고 코 안의 감각이 사라졌다.

그래도 잠시뿐이다. 잠깐의 부작용만 버티면 독을 이겨 낼 수 있다.

하나 단령경은……!

"네가 뭘 믿고 오만방자하게 구나 했더니, 겨우 이깟 한 수를 믿고 그랬구나."

그 순간 진자강은 놀라운 광경을 목도했다.

"스으으으읍!"

단령경이 매서운 눈으로 진자강을 노려보면서 입으로 공기를 빨아들이고 있었다.

공기와 함께 독기까지 빨아들인다.

"쓰으읍―!"

기막이 급격하게 줄어들었다.

"무, 무슨! ……컥!"

진자강은 숨이 콱 막혔다. 숨을 쉴 수가 없다!

이것은 끼무릇의 독기 때문이 아니라 단령경이 공기를 맹렬하게 빨아들이고 있는 탓이다.

"끅, 크윽!"

애써 숨을 참아 보기는 하는데 마치 몸 안에 있는 공기마저도 빼앗기듯이 급격하게 숨이 딸려 왔다.

진자강의 목이며 눈에 핏발이 서고 핏줄이 두드러지게 불거졌다.

이대로는 죽겠다고 생각한 진자강은 입술을 꽉 깨물었다. 내공을 끌어 써야 하나 순간 고민이 들었다.

꽉 깨물어서 난 피가 두둥실 허공에 떠오르더니 그것조차 단령경의 입으로 빨려 들어갔다.

단령경의 눈이 찡그려졌다.

훅.

순간 진자강과 단령경을 덮고 있던 기막이 사라졌다.

"헉! 헉!"

진자강은 숨을 몰아쉬다가 이를 악물었다. 앞에 있던 찻주전자를 양손으로 잡고 바닥에 찍었다.

챙그랑!

주전자가 깨지며 찻물이 튀었다. 진자강은 깨진 주전자의 조각을 양손에 쥐고 재빨리 호흡을 해 내공을 생성시켰다. 우반신이 끊어질 듯 아파 왔다.

진자강은 이를 악물고 한 모금의 내공을 둘로 나누어 오른발과 오른손으로 옮겼다. 내공이 깃든 오른발을 박차자 폭발적으로 속도가 붙었다. 그건 이제껏 진자강이 한 번도 내 보지 못한 강렬한 속도였다.

몸으로 부딪쳐 중심을 잃게 만들고 왼손으로 단령경의 목을 찌르고 오른손은 시야에 보이지 않는 아래에서 허리를 벨 생각이었다.

진자강의 기습은 거의 완벽했다. 예전보다도 훨씬 빨랐고, 설마 자신의 이름을 밝혔는데 감히 공격을 해 올까 싶던 단령경의 허를 완전히 찌르기도 했다.

하지만 양 볼을 팽팽하게 부풀리고 있던 단령경은 이번엔 오히려 바람을 내뿜었다.

푸우우우우—!

단령경이 그동안 빨아들인 공기가 진자강의 앞에 벽을 만들었다.

"으윽!"

바람의 벽을 맞이한 진자강의 속도가 현저히 느려졌다. 오히려 뒤로 밀려났다. 진자강은 바위 아래로 굴러떨어질 뻔했다. 앞으로 가는 건 언감생심 꿈에도 못 꿨다.

진자강은 아예 바위를 내려와 버렸다.

휘이이잉!

진자강의 뒤쪽에 있는 나무들이 강풍에 부산히 몸을 떨어 댔다.

기습 실패.

진자강은 섣불리 덤벼들지 않고 기회를 보았다. 언제라도 달려들 수 있도록 다시 내공을 준비했다.

단령경은 한 번의 숨을 고르더니 손바닥을 위로 하여 오른손을 내밀었다. 공기를 빨아들이면서 함께 흡입했던 독기를 장심에 모았다.

손이 시뻘게지더니 장심에서 희미하게 불꽃이 일었다.

삼매진화(三昧眞火)!

고도의 내공을 지니고 있어야 가능하다는 수법!

치이이이!

독기가 타 버리며 수증기처럼 피어올라 허무하게 바람에 날렸다.

이어 단령경은 앉은 채로 바위를 쳤다.

팡!

젖어 있던 바위의 찻물이 방울방울 떠올랐다. 단령경이 팔을 앞으로 내밀어 중지를 튕겼다.

땅!

손톱 끝으로 물방울을 쳤는데 망치로 정을 때리는 소리가 났다.

동시에 진자강이 손에 쥔 사기 조각이 깨졌다. 그 충격으로 오른팔이 동시에 뒤로 꺾였다.

"큭!"

진자강은 사기 조각을 놓쳤다. 몽둥이로 손가락 마디를 때린 것처럼 손가락이 욱씬거렸다. 만일 단령경이 물방울로 진자강이 들고 있는 사기 조각이 아니라 머리를 노렸다면, 진자강은 머리에 구멍이 났을 것이다.

제대로 된 무공을 보인 것도 아니었으나, 단령경은 본신의 내공만으로 가히 신선에 가까운 선법들을 선보였다.

진자강이 잔재주로 넘볼 수 있는 수준이 아니었다.

단령경은 자신을 노려보는 진자강을 가만히 보더니 말했다.

"내가 너를 죽이지 않는 것은, 단지 네가 쓸모 있어서다. 너를 이용하고 있는 자들이 너를 살려 두는 것과 같은 이유다. 오직 제궤의혈의 가능성 하나를 보는 것이다."

제궤의혈은 개미구멍 하나로 거대한 방축이 무너지는 것을 말한다.

진자강을 개미 취급할 뿐인 것이다.

진자강은 기죽지 않았다.

"관두시죠."

"뭣이?"

"당신네들의 가능성 따위 내가 알 바 아닙니다. 나는 약문의 일원으로 복수를 합니다. 거기에 끼어들고 싶다면 알아서 하십시오. 하나 정파든 사파든, 나를 끌어들이려 한다면 나는 그들마저도 내가 온 지옥으로 밀어 넣을 겁니다."

"건방진 놈…… 좋다!"

단령경이 단호하게 말했다.

"나는 최근에 너처럼 제대로 미친 작자를 본 적이 없다! 그러니 오늘은 내가 포기하마. 하나 어른이 되어 이대로 물러난다면 강호의 친구들이 나를 우습게 볼 것이다."

진자강은 숨을 고르며 단령경의 말을 들었다. 단령경은 절대 반론을 허락하지 않겠다는 투로 잘라 말했다.

"나는 오늘 네게 개인적인 세 가지의 빚을 지게 해야겠다. 그리고 너는 내게 한 가지를 약속하는 것으로 세 가지의 빚을 갚아야 한다. 이것은 흑도에 의리를 지키라는 의미가 아니니 거절할 수 없으며, 선택도 없다. 거절한다면 그냥 이 자리에서 너를……."

단령경이 이를 드러냈다.

"이대로 죽여 버릴 것이다."

진자강은 대답하지 않았다.

단령경이 그것을 수궁으로 받아들이고 말했다.

"너는 아까 내 제안을 받아들이지 않음으로써 벌써 그만한 손해를 보게 되었다. 그러므로 네가 내게 빚을 진다 해도 이미 손해 본 일은 어쩔 수 없다."

"감당하겠습니다."

"첫 번째. 네가 지금 마을로 가는 이유는 알고 있으나, 방법이 틀렸다. 너는 운화촌에서 자금정을 사고 월경대를 훔쳤지."

"어떻게 아셨습니까?"

"저 아래에 수없는 눈과 귀가 깔려 있단다. 절름발이 한 명이 허투루 살기를 뿜고 다녔는데 그들이 모를 것 같았느냐."

진자강이 실수로 살기를 품었던 것이 결국은 꼬투리가 잡혀 발각된 모양이었다.

하기야 약방에서도 그만한 난리를 쳤으니.

하지만 그땐 그것밖에 방법이 없었다. 진자강은 자신의 처신이 부적절했음을 인정할 수밖에 없었다.

단령경이 물었다.

"네가 원한 것은 마독입창의 처방전이겠지?"

"맞습니다."

"그게 백담향의 독 때문이라면 너는 잘못 짚었다. 백담향은 온갖 향으로 주독을 감추고, 마독을 강하게 써서 상대를 현혹시킨다. 그러나 실제 독은 마독이 아니다. 심장과 비위(脾胃)에 작용해 사람을 피가 말라 죽게 하는 독이다. 강호에는 이름도 알려져 있지 않은 백담향만의 독."

단령경이 진자강에게 종이로 싼 뭉치를 던졌다.

"수점산이다. 술에 타서 먹으면 상세가 좋아질 게다."

진자강은 수점산을 받았다.

"마독을 치료해도 낫지 않는다 싶었더니 그런 이유가 있었군요."

"너는 약문의 출신이지 의원은 아니지 않느냐. 게다가 강호인도 아니지. 강호에서 오래 굴러먹으면 하류 무인이라도 자신만의 비법을 갖게 되기 마련이다."

수점산만큼은 진자강도 거절할 수 없었다. 자기 일이라면 모를까 장씨를 살리려면 꼭 필요한 것이다.

"감사하다는 말도 안 하느냐?"

단령경의 말에 진자강은 단령경을 빤히 바라보았다.

"개인적인 거래에 감사가 필요합니까?"

"얄미운 녀석이로군."

단령경이 코웃음을 치고 말을 계속했다.

"두 번째, 내가 너를 찾아왔듯이 다른 자들도 네 존재를 알았다. 일부는 이미…… 아니, 지금쯤 네가 거주하는 곳에 와 있을 게다."

주변에서 자꾸만 흔적들이 발견되더라 싶더니 예상이 들어맞았다. 진자강은 속내를 드러내지 않으려 했으나 눈썹이 떨렸다.

단령경이 말했다.

"하필이면 지금 거기엔 매우 질이 좋지 않은 것이 하나 끼어 있구나. 아무리 사갈이라는 말을 듣는 너라도 이번만큼은 그년을 감당하기 어려울 게다."

그년이라고? 여자라는 건가?

"남자 홀리기를 예사로 알고 잔꾀에 능한 데다가 무공마저도 범상치 않다. 어쩌면 너는 오늘 여기서 주저앉을지도 모른다."

진자강은 잠깐 생각해 보았다. 이제껏 남녀를 딱히 구분해 본 적은 없었으나, 죽인 것은 거의 다 남자들이었다.

여자를 상대로 두려울 것은 없으나 남녀의 차이에 의해 독의 용법이 달라져야 하니 그것이 다소 번거로워질 뿐이었다.

진자강의 눈치를 깨달은 단령경이 말했다.

"그 아이가 여아(女兒)라서가 아니다. 강호의 이십 대 중에 손꼽히는 삼룡사봉 중 하나이기 때문이다. 그 아이라면 암부의 괴송보다도 내공이 더 깊을 것이다."

암부의 괴송보다도 더?

괴송은 완전히 방심시켜서 비교적 쉽게 처리하긴 하였으나 그의 무공은 결코 얕볼 수가 없는 수준이었다.

그런데 괴송보다도 내공이 더 깊을 거라니.

명문 정파의 내공이란 그런 것일까.

하나 진자강은 나오기 전 침입을 대비해 독을 곳곳에 풀어 놓았다. 마을에 다녀올 때까지 장씨를 지킬 시간을 벌기 위해서였다.

때문에 마음이 급하거나 하진 않았다.

"그럼 세 번째다."

단령경이 살짝 옆으로 걸음을 옮겨서 시립했다.

"잘 봐 두어라. 내 무공이 싫다고 하였으니 내 무공은 주지 않겠다. 하지만 살아남고 싶으면 이 한 수는 봐 두는 게 좋을 거다."

단령경은 다리를 살짝 구부려서 비스듬히 옆으로 돈 후, 몸을 낮추었다가 가슴께에서부터 어깨 위쪽까지 사선으로 맨손을 찔러 넣는 동작을 했다. 검지와 중지가 아니라 손목을 틀어서 엄지로 찌르는 듯한 묘한 손동작이었다.

"여태에서 내정을 하여 삼리, 독비를 거쳐…… 중부, 천부로 하여 소상으로."

소상혈은 엄지의 혈도다.

단령경이 읊는 것은 혈도의 이름이었다. 진자강은 그것

이 내공의 운용법이라는 걸 깨달았다.

"간단하지만 순서가 틀리면 안 된다."

단령경은 동작을 한 번 더 보여 주었다. 자세히 보니, 내공이 가야 하는 발에서부터 무릎, 허리, 어깨, 팔꿈치, 손목에 이르기까지의 동작이 유연하게 이어지고 있다.

"이 초식은 분수전탄(分手箭彈)이라고 한다. 이름 정도는 알아 둬도 좋겠지."

진자강은 왜 단령경이 자신에게 전혀 뚱딴지같은 초식을 알려 주는지 알 수 없었으나, 머릿속으로 충분히 외워 두었다.

어쩌면 이것은 이곳에 와 있다는 삼룡사봉의 여협을 상대하기 위한 초식인지도 모른다.

"알겠느냐?"

진자강은 반쪽 밖에 혈도를 운용하지 못하므로 외웠다고 해도 제대로 쓸 수 있을지 장담하기 어려웠다.

하나 그런 말을 할 필요는 없었으므로 고개를 끄덕였다.

"이제 부인이 원하는 바를 말씀하시죠."

"나는……."

잠깐 말을 끊었던 단령경이 갑자기 물었다.

"지금까지 네가 봐 온 모든 것이 진실이라고 생각하느냐?"

"질문의 의도를 모르겠습니다만."

"진리상은 팔고불진(眞理常隱 八苦不眞)."

팔고(八苦)는 사람이 겪는 여덟 가지의 괴로움. 즉, 진자강이 이제까지 경험한 일들을 말한다.

"진실의 일부는 종종 숨어 있으며 네가 겪은 것들이 진실의 전부는 아니다."

"혹시 제가 알아야 할 게 있습니까?"

진자강의 되물음에 단령경은 직접적인 대답을 하지 않았다.

"먼 미래에…… 만일 그때까지도 네가 살아남는다면, 네가 반드시 죽여야 할 자라도 내가 요청한다면 단 한 번은 살려 주어라. 그럴 수 있겠느냐."

진자강은 자신이 이대로 복수행을 계속한다면 언젠가는 단령경이 노리고 있는 자를 마주치게 될 수도 있다는 걸 알 수 있었다.

"할 수 있겠느냐?"

단령경이 재차 다그치듯 물었다.

"한 번, 뿐입니까?"

"그래. 한 번."

"알겠습니다."

"시원시원해서 좋구나."

진자강이 잠시 생각하다가 물었다.

"한 가지만 여쭙겠습니다."

"내게 빚을 지겠다는 거냐?"

"빚이라고 생각한다면 대답하지 않으셔도 됩니다. 그냥 개인적인 궁금증입니다."

"귀염성 없는 녀석."

단령경이 허락했다.

"물어보거라."

"아까 얘기가 끝나지 않은 것 같아서 말입니다. 왜 사파가 오해를 받는 것이 문제가 된다고 하셨습니까? 사파는 늘 그렇게 오해를 받고 살았는데 이번만큼은 참지 못할 특별한 이유가 있는 겁니까?"

단령경은 살짝 아미를 찌푸렸다.

"흑도 방파들은 오랜 시간 정파의 득세 아래에서 숨죽여 살았다. 그것은 곧, 언제 폭발해도 이상하지 않다는 뜻이지. 자꾸만 그것을 부추기는 작자도 있는 듯하고."

"여의선랑께서는 사…… 흑도의 대모로 불린다 들었습니다. 여의선랑께서도 막을 수 없는 일입니까?"

"나의 영향력은 산서 이남으로는 미치지 않는다. 세월은 흐르고, 젊은이들은 늘 새로움을 갈구하는 법. 하지도 않은 일로 오해를 받으니 이 기회에 맞서 보자는 의견들이 나오고 있는 모양."

"그러면……."

단령경이 진자강의 말을 잘랐다.

"흑도에도 수많은 사람들이 있고 각자의 생각을 가진 무리들이 여럿 있다. 하나 나는 그들의 행동을 막고자 온 것도 아니고 너를 도우러 온 것도 아니다."

단령경이 그 뒤에 생략한 말을 진자강은 알 수 있었다.

진자강을 이용해서 자신의 숙원을 도모해 보고자 한다는 것.

단령경이 온 이유는 단지 그뿐인 것이다.

"대화는 여기까지 하도록 하지."

단령경은 옷매무새를 고치더니 흐트러짐 없는 태도로 진자강에게 눈짓했다.

"하면, 실례했네. 소협."

방금과는 완전 딴판인 태도로 정중해진 단령경이었다.

단령경은 휘파람을 불었다.

휘이이익!

그러더니 망설이지 않고 뒤돌아서 가 버렸다. 곧 숲의 양쪽에서 수하 둘이 나와 깨진 그릇과 식기를 치워 싸 들고는 단령경을 뒤따라갔다.

수하들은 진자강과 눈도 마주치지 않았으나, 그들의 몸놀림 역시 범상하진 않았다.

진자강은 단령경이 멀리 사라진 후에 길게 숨을 내쉬었다.

"후우우!"

기가 질렸다.

도저히 넘볼 수 없는 최상급의 무인을 만났다. 그런 무인을 상대로 덤빈 건 매우 무모한 짓이었다.

그러나 그 대가로 많은 것을 얻었다.

그건 단령경의 무력에 순순히 굴종(屈從)했다면 절대 얻을 수 없는 것들이었다.

의지. 신념.

진자강은 길게 심호흡을 하고 산 위를 바라보았다.

수점산을 얻었으니 이제 의원을 찾으러 갈 필요는 없어졌다. 단령경이 거짓말을 한 게 아니라면 이것으로 장씨의 상태는 크게 좋아질 터였다.

남은 것은 장씨의 집에 와 있다는 자들을 만나러 갈 차례였다.

'산 너머 산……'

하나 피할 수는 없었다.

늘 그랬듯이.

이번에도 가진 모든 것을 쏟아부어서라도 살아남고 말 것이다.

第六章

정파충돌(政派衝突)

　진자강은 바로 돌아가지 않았다.

　장씨의 상태는 위중하지만 당장 죽을 정도는 아니다. 하지만 아무런 대비 없이 돌아가면 진자강은 속수무책으로 당할 테고, 진자강이 당하게 되면 돌봐 줄 사람이 없는 장씨는 반드시 죽는다.

　둘이 모두 살아남기 위해서는 시간이 다소 지체되더라도 충분한 준비가 필요했다.

　장씨의 집으로 돌아가지 않고 달아난다는 선택은 아예 생각도 않았다. 장씨는 진자강의 은인이며 진자강 때문에 휘말려 들었다. 그를 내버려 두고 간다면 진자강은 스스로

인간이기를 포기하게 되는 것이다.

진자강이 가장 먼저 한 것은 단령경 때문에 사용한 독을 다시 채워 넣는 일이었다.

끼무릇은 길가 어디에서든 찾을 수 있었다.

진자강은 끼무릇을 캐서 가볍게 흙을 털어 낸 후 뿌리를 씹었다. 독을 채워 넣으면서 단령경이 알려 준 분수전탄 초식에 대해 생각했다. 단령경이 알려 준 데에는 이유가 있을 게 분명하다.

문제라면 진자강이 그것을 제대로 펼칠 수가 없다는 점이다.

단령경도 설마하니 진자강의 반신 기혈이 막혀 있어서 내공을 운용하는 데 문제가 있다는 것까지는 알지 못했을 테니 말이다.

하여 진자강은 분수전탄에 숨겨진 의미를 찾아내야 했다.

몸을 낮췄다가 손끝을 사선으로 올려서 엄지로 찌르는 듯한 동작.

동작 자체에는 대단한 점이 없다. 직선적이지 않고 부드럽고 완곡한 일초 단식이다.

'왼발 둘째 발가락의 여태혈부터 내공을 시작해야 하지만 나는 왼쪽 기혈이 막혀 있다. 오른발에서 시작을 해야 하니까…….'

단령경이 알려 준 것과는 반대로 해야 그나마 내공을 운용할 수 있었다. 게다가 또 다른 문제는, 내공을 쓸 때마다 견디기 힘들 정도로 통증이 느껴진다는 점이다. 통증도 극심한데 내공이 운행하는 속도마저도 예전의 몇 배나 되기 때문에 그것을 조절하는 자체도 힘들었다.

진자강은 백회로 기를 받아들여 몸 안에서 주천을 시켰다. 최초에는 미약했던 기가 혈도를 순환하며 내공으로 변해 가기 시작했다.

혈도가 훤히 열려 있기 때문에 기의 이동이 급격하게 빨라졌다.

본래 무인들은 호흡을 통해 자연의 기를 받아들여 단전에 내공을 쌓는다. 그러나 진자강은 의도치 않게 정수리의 백회혈로 기를 받아들이는 법을 익히게 되었다.

상단전(上丹田). 대자연의 기를 가장 빠르고 원활하게 받아들일 수 있는 최고의 방식으로 꼽는 통로다. 조식법을 통해 비강(鼻腔)의 호흡으로 받아들이는 기보다 몇 배는 높은 순도를 가지고 있다.

그러니까 진자강이 받아들여 만드는 한 줌의 내공은 실제 진자강이 체감하는 것보다 훨씬 강한 기운을 가진 내공인 것이다.

그것이 연속적인 주천을 통해 불어나니 감당하기가 어려

울 수밖에 없었다.

내공은 순식간에 진자강의 제어를 벗어났다. 길게 꼬리를 늘이며 달아나는 내공의 꼬리를 잡아서 원래 의도하던 혈도로 보내는 데에 실패했다.

"끅!"

여지없이 고통이 찾아왔다.

내공이 맹렬하게 혈도를 흐르기 시작했다. 진자강의 우반신에 수레바퀴가 생겼다. 수레바퀴가 회전할 때마다 허약한 혈도에 균열이 생겼다.

잠깐 사이에 수십 회 이상의 회전이 있었다.

진자강은 고통을 참지 못하고 무릎을 꿇었다. 양손을 바닥에 대고 반쯤 엎어져 튀어나오는 비명을 삼켰다. 이 고통을 참지 못하면 내공을 쓸 수 없고, 내공을 쓸 수 없으면 분수전탄도 시전할 수 없다.

'참자!'

진자강은 내공을 밖으로 배출하지 않고 참았다.

얼굴에서 땀이 비 오듯 떨어졌다.

제어를 잃은 내공은 약해진 혈도부터 파열을 일으켰다.

투투툭.

"크으윽……."

그래도 이를 악물고 버텼다.

이번에는 버틸 수 있는 한도까지 버텨 볼 작정이었다.

투투투투투!

숨 몇 번 쉴 시간에 수백, 수천 번 수레바퀴가 돌았다. 혈도들이 비명을 질러 댔다.

속살에 소금을 대고 박박 문지르는 듯한 고통.

아무리 진자강이 고통에 대한 인내가 강해도 버티기가 쉽지 않았다.

하지만 버텼다.

이 고통이 익숙해지길 바라면서.

그래서 언제든 필요한 때에 사용할 수 있게 되기를 바라면서

'으아아아ー!'

진자강은 속으로 비명을 지르면서 버티고 또 버텼다.

그런데 어느 순간, 몸이 붕 뜨는 것 같은 기분이 들면서 고통과 의식이 분리됐다.

고통스러운 건 그대로인데 고통을 느끼는 자아와의 사이에 얇은 벽이 생긴 듯했다. 고통을 느끼면서 얇은 벽 건너편에서 자신의 고통을 바라보는 기이한 체험이었다.

그러면서 진자강은 이상한 광경을 목도했다.

땅에서 기어 다니는 개미들의 모습이 오른쪽 눈에 선명하게 들어온 것이다.

뚜…… 욱.

진자강의 뺨을 타고 턱에 맺혔던 땀이 방울져 떨어지자 일렬로 지나가던 개미들이 혼비백산 땀방울을 피했다. 땀방울에 흙 알갱이가 조금씩 적셔지고 젖은 물기가 방사형으로 퍼져 나간다. 수십 마리의 개미들이 땀방울을 피해 어지러이 돌며 행렬을 찾아가는데 각각의 개미가 움직이는 여섯 개의 다리와 두 개의 더듬이가 모두 다 눈에 보였다.

눈에 보이는 모든 것이 인식되고 있는 신비한 경험이었다.

'내공 때문인가……'

고수들은 내공을 이용해 안법을 사용한다. 밤에도 낮처럼 사물을 볼 수 있고, 일반인보다 훨씬 광대한 범위를 세세하게 보기도 한다.

수레바퀴처럼 마구 회전하고 있는 내공이 진자강의 전신에 활력을 부여함으로써 의도적으로 내공을 끌어 올린 것과 같은 효과를 내고 있었다.

빠르게 돌고 있어서 잡을 수 없던 내공의 모습이 시시각각으로 확연히 느껴졌다.

내공이 지나가는 기혈의 통로와 파열되는 혈도의 정체도 눈에 보이듯 환하게 인식되었다.

그래서 진자강은 알게 되었다.

자신의 기혈이 왜 막혀 있었는지.

손위학이 진자강에게 먹였던 화정단심환 때문이었다.

천 종류의 약초를 달여 만든 화정단심환의 영능이 오채오공의 독기와 엉겨 붙어 기혈을 막아 버렸다. 화산에서 흘러나온 용암이 시커멓게 굳은 것처럼.

그런데 얼마 전 강제로 기혈이 뚫리며 그 굳은 것들이 부서진 채 찌꺼기로 기혈에 남아 있었고, 내공의 수레바퀴가 맹렬하게 돌기 시작하면서 함께 돌고 있었던 것이다.

그것은 마치 날카롭게 깨진 그릇의 파편이 몸 안을 돌아다니는 것과 같은 상황.

때문에 기혈은 더욱 심한 상처를 입고, 몸은 더 빠르게 파괴되고 있었다.

'이대로라면 내 몸은 부서지고 만다.'

고통은 극심하나 의식이 고통과 유리(遊離)된 상태에 있었기 때문에 진자강은 그나마 침착하게 생각할 수 있었다.

진자강은 더욱 정신을 집중해 내부를 관조했다.

빠르게 돌고 있는 내공의 수레바퀴를 멈출 수 있는 방법뿐 아니라 그것을 다룰 수 있는 방법까지.

문득, 수레바퀴처럼 돌고 있는 기의 일부가 단전 쪽의 기혈을 지날 때에 자꾸만 단전이 당겨지는 느낌이 드는 걸 깨달았다.

단전에는 끼무릇에서 추출해 낸 독기가 쌓여 있다.

'혹시?'

진자강은 단전을 열어 보았다.

우반신에서 내공이 회전하는 힘에 의해 순식간에 독기가 빨려 나갔다.

그런데 놀랍게도 그 독기에 찌꺼기들의 일부가 달라붙기 시작했다.

오채오공의 독과 합쳐진 화정단심환의 영성이 끼무릇의 독기를 핵(核)으로 삼아 뭉쳐서 함께 돌기 시작했다. 덩어리는 점점 거대해져 갔다.

콰드드드드!

급격하게 커지는 수레바퀴의 충격으로 몸이 떨렸다.

진자강은 내공의 움직임에 집중했다. 엄청난 속도로 움직이고 있지만 덩어리가 커진 탓에 내공의 끄트머리를 보다 쉽게 인식할 수 있었다.

내공의 끄트머리를 낚아챘다. 고삐를 쥐자 그제야 내공이 말을 듣기 시작했다.

진자강은 빠르게 분수전탄의 구결에 따라 내공을 이동시켰다.

여태, 내정, 삼리, 독비!

내공이 지정된 혈도를 타고 쾌속하게 흘렀다.

오른쪽 어깨가 빠질 듯 뻐근해졌다. 맹렬하게 움직이던 내공이 한순간 멈춘 탓이다.

진자강은 단령경이 말한 대로 잠시 내공을 막아 두었다가 열었다.

엄지를 내뻗는 순간 폭발적으로 내공이 뛰쳐나갔다.

슈칵!

허공에 날카로운 파공음이 울렸다. 엄지가 향해 있던 쪽에 서 있던 고목이 둔탁하게 진동했다.

텅!

나뭇가지가 이리저리 흔들렸다.

진자강은 멍하게 고목을 바라보다가 몸을 일으켰다. 팔다리가 후들거려서 몇 번이나 넘어졌음에도 인지하지 못하고 다시 일어났다.

비척비척 고목 쪽으로 걸어갔다.

손으로 더듬으며 소리가 난 데를 확인해 보았다. 줄기가 뾰족한 망치로 찍은 것처럼 껍질이 깨지고 안이 깊이 패어 있었다.

패인 자국에는 끼무릇의 독기가 묻어 나와 비릿한 독향이 나기까지 했다.

얼떨떨했다.

'지풍……'

진자강은 방금 지풍을 쏘아 낸 것이다.

그것도 독이 섞인 독지(毒指)로, 무려 대여섯 걸음은 족히 떨어져 있는 나무에.

"윽."

정신이 들자마자 찾아온 건 우반신을 두드리는 고통이었다.

심지어 지력이 쏘아진 엄지의 손톱은 반 정도가 깨져서 날아가 있었다. 피가 뚝뚝 떨어졌다.

하지만 기분은 굉장히 상쾌하기 이를 데 없었다.

진자강은 자리에 앉아서 마음을 추슬렀다.

방금 벌어진 일련의 과정을 반추해 보았다.

진자강의 우반신에는 아직도 화정단심환과 오채오공의 독이 들러붙어 만들어진 찌꺼기가 잔뜩 존재했다. 그것은 화정단심환과 오채오공의 기운이 구 년 전 섭취했을 때 그대로 남아 있다는 뜻이었다.

진자강이 알기로 화정단심환의 영성은 대략 일 갑자의 내공 수준을 갖고 있었다. 그 힘이 고스란히 진자강의 내부에 잠재되어 있는 것이다.

단전에 축적한 독기를 씨앗으로 삼아 쓸 수 있는 힘이었다.

핵으로 쓰는 독기의 양이 많을수록 당연히 지풍의 파괴력도 강력해질 것이다.

"새로운 힘……."

새로운 힘이 생겼다는 것은 곧 상황에 대처하기 위한 다양한 경우의 수를 갖게 되었다는 걸 의미한다.

복수에의 방식도 훨씬 달라질 수 있다.

비록 우반신일 뿐이고 쓸 때마다 지독한 고통과 함께 몸의 붕괴가 빨라지는 파멸의 힘일 터이나…….

잠시 숨을 고르며 쉰 진자강은 하늘을 쳐다보았다.

쓸수록 스스로를 망가뜨리게 되는 힘.

이것은 하늘이 내려 준 응원일까.

아니면 지옥에서 자신을 기다리는 자들이 보낸 독촉일까.

*   *   *

제갈연은 앞에 있는 집을 쳐다보았다.

낮은 담과 닫혀 있는 문.

마음만 먹으면 언제든지 들어갈 수 있는 평범한 집이었다.

"여기에 그 사파의 살인마가 있다는 얘기지?"

"그렇습니다, 소저."

제갈연을 수행하고 있는 무사들이 옆에서 대답했다.

"아침에 집 밖으로 나간 것을 저희 측이 확인했습니다."

"안에 무엇이 있는지, 누가 살아 있는지 샅샅이 확인하도록."

"예."

막 대문으로 진입하려던 제갈가의 무사들이 걸음을 멈췄다.

"이게 무슨 냄새야?"

대문에 가까이 다가갈수록 심하게 썩은 내가 났다.

제갈연이 인상을 쓰며 중얼거렸다.

"독일까."

"놈이 독을 다룬다고 했으니 그럴 겁니다."

"하지만 왜 이렇게 심하게 썩는 냄새를 풍기지? 독이라는 건 몰래 써야 하는 것 아닌가? 이렇게 경각심을 갖게 하는 것이 제대로 된 용독법이라고 할 수 있을까?"

은은하게 풍긴다거나 하는 것도 아니고 근처만 가도 저절로 코를 싸쥘 정도로 끔찍하게 냄새가 났다. 여름날에 길에서 시체 여러 구가 썩고 있다면 딱 이런 냄새가 날 것이다.

"너무 심하네."

"확인해 보겠습니다."

무사 한 명이 코와 입을 천으로 감싸고 내공을 끌어 올려 천천히 대문을 밀어 보았다.

끼이익.

"문이 열려 있습니다."

그때 문을 연 무사의 머리 위로 뭔가가 후두둑 떨어졌다.

무사가 깜짝 놀라 뒤로 물러났다. 문 위에 올려놓았던 물건들이 떨어진 듯싶었는데, 자세히 보니 썩은 낙엽들이다.

"어휴! 냄새!"

무사가 인상을 쓰며 자신의 몸을 마구 털었다. 썩은 냄새는 젖은 낙엽에서 나고 있었다. 다른 무사들이 낙엽을 맞은 무사에게서 물러섰다.

"뭐야, 이건?"

제갈연이 어이가 없어 쳐다보았다.

"기관이나 함정도 아니고……."

젖은 낙엽을 뒤집어써서 썩은 냄새가 몸에 밴 무사는 긴장했지만, 별 이상이 없어 보였다.

"독도 아닌 것 같군요."

"사갈독왕이라고 해서 대단한 자인 줄 알았더니, 그냥 해괴한 취미를 가진 자인가 보네."

어렸을 때부터 체계적으로 무공을 사사한 정파의 고수들은 대체로 독을 쓰는 이들을 깔보는 경향이 있었다. 애초에 무공이 높으면 독을 쓸 필요가 없고, 무공이 낮아서 독을 쓴다면 아무리 독을 잘 써도 정종(正宗)의 무공에는 비할 바가 못 되기 때문이다.

"자, 놈의 은신처를 구경 좀 해 볼까?"

제갈연의 뒤에 서 있던 깐깐한 인상의 무인이 제갈연을 뒤따르고 있다가 말했다.

"이런 식으로 접근하는 것은 옳지 않습니다."

제갈연이 귀찮다는 투로 대꾸했다.

"신융. 너는 너무 걱정이 많아. 그자가 사갈독왕이 맞는지 확인해 봐야 한대서 굳이 그가 나간 후에 온 거잖아."

신융은 제갈연과 마찬가지로 이십 대 초반인데, 제갈가의 가신(家臣) 가문으로서 어렸을 때부터 제갈연만을 보좌했다.

가신 가문에서는 어렸을 때부터 본가의 무인과 비슷한 또래를 그림자로 붙여 수행하게 한다. 신융은 벌써 제갈연과 십 년 이상을 함께했고 강호의 경험도 같이 쌓아 왔다. 제갈연에게는 제일 심복이며 오랜 시간을 함께 보낸 든든한 존재다.

"확인이 필요하다면 직접 만나서 하면 됩니다."

"왜 굳이?"

"그것이 정파로서의 방식입니다."

"고리타분한 소리 좀 하지 마. 나를 알면서 아직도 잔소리야?"

제갈연이 깔깔대고 웃었다.

사봉(四鳳) 중에서도 미색(美色)이 곱기로 유명한 제갈연이다.

제갈연이 화사하게 웃으니 도저히 무인으로 보이지 않았다.

"놈의 약점은 최대한 쥐고 있는 게 좋아. 싸움을 피하진 않겠지만 싸울 때 우리 쪽에 하나라도 더 유리할 수 있는 일을 마다할 필요는 없잖아?"

"그것은 이미…… 충분한 대비를 하였지 않습니까."

"그걸론 불충분하지. 그자가 왜 이곳에서 환자를 돌보고 있는지 알아내야 해."

제갈연에게 조언하지만 제갈연의 뜻을 거스르지는 않는다.

신융은 바로 뜻을 꺾고 다른 조언을 했다.

"방심하지 마십시오, 소주. 어쨌거나 운남의 오대 독문을 모두 멸문시켰다는 소문이 도는 자입니다."

"잔소리쟁이. 알았어. 겨우 독이나 쓰는 지저분한 자들이라고 해도 독은 독이니까 조심해야겠지. 백담향이라고 했던가? 뭐 그런 자까지 쓰러뜨렸다고 하니까. 그리고……."

제갈연의 눈에 오기가 떠올랐다.

"이번 건은 절대 실패하면 안 돼. 나 말고도 다른 삼봉 모두가 이번 일을 노리고 있었다구. 내가 실패한다면 나와 우리 제갈가를 비웃고 깎아내릴 거야."

신융은 묵묵히 들었다. 잔소리할 때를 제외하고는 대체로 그는 듣기만 하는 편이다.

"이건 내가 그동안 자존심까지 다 팽개치고 내키지도 않는 웃음을 팔아 가며 얻은 소중한 기회야. 백리권 그 사람을 내 편으로 끌어들이는 게 얼마나 힘든지 알아? 정작 백리가에서는 검후(劍后)에 줄을 대고 있다는 소문이 파다해."

사봉 중에 무공 수준이나 가문의 후광이 좀 떨어지는 제갈연은 그것을 굉장한 수치로 느끼며 살아왔다. 열등감이라고 해도 할 말은 없었으나, 본인은 자신의 미모가 뛰어난데 대한 다른 이들의 질투라고 생각했다.

제갈연이 다른 삼봉을 생각하며 입술을 씹었다.

"그러니까 난 성공해야겠어. 어떤 일이 있어도, 무슨 방법을 쓰더라도."

제갈연의 기분이 더 나빠지기 전에 신융은 본인의 의무를 다했다.

"놈을 사로잡아 맹으로 호송할 수 있다면 소주께서는 물론이고 본 가의 위상도 크게 높아질 겁니다."

"하지만 오늘 여기서 놓친다면 다른 자들이 채가겠지."

"최선을 다하겠습니다."

"놈이 곧 돌아올 거야. 들어가지."

제갈연은 인상을 쓰면서 썩은 낙엽을 밟고 장씨의 집 안 마당으로 들어섰다.

*　　*　　*

냄새를 참으며 집 안으로 진입한 제갈가의 무사들은 온 집안을 다 뒤지고 다녔다.

"안쪽 내실에 병자 한 명이 정신을 잃고 누워 있습니다. 고열과 혼수상태로 상세가 심각합니다. 아마 중독으로 인한 증세가 아닌가 생각됩니다."

제갈연이 무사에게 다른 것은 없느냐고 물었다.

"달리 독과 관련된 물품은 전혀 보이지 않았습니다."

"그래? 뭔가 기대보다는 실망인걸. 아니면 어딘가에 숨겨 놨을까?"

"한데, 좀 이상한 게 하나 있긴 있습니다."

"뭔데?"

"좀 보시겠습니까?"

무사가 집 뒷마당 쪽으로 제갈연을 데리고 갔다.

거기에는 검고 둥그런 떡 같은 것이 소쿠리에 담겨 널려 있었다.

"저건 뭐지? 독단인가?"

하지만 독단(毒丹)이라고 보기엔 너무 컸다. 애들이 손에 쥐고 먹는 전병만 하다.

누가 저런 걸 독단이라도 들고 다니겠는가.

물과 같이 삼키려고 해도 입 안에 한 번에 들어가지도 않을 크기다.

"저희가 보기엔……."

무사가 어색해하며 말했다.

"엿입니다."

"뭐?"

"이쪽을 보시면 말입니다."

무사가 한쪽을 가리켰다.

소쿠리에서 떨어졌는지 바닥에 덩어리 하나가 있었는데, 거기에는 개미들이 행렬을 지어 들러붙어 있는 중이었다.

만약 독이 들었다면 개미들이 저렇게 붙어 있을 리가 없다.

"정말 엿인가?"

신융이 나섰다.

"확인하겠습니다."

신융은 내공을 끌어 올려 대비를 하고 바닥에 떨어진 덩어리를 주워 들었다. 달짝지근한 냄새가 났다. 개미를 툭툭 털어 내고 혀로 살짝 맛을 보았다.

신중하게 맛을 음미하고 기다려 보았으나 큰 이상이 없

었다. 이번엔 소쿠리에 담긴 덩어리를 휘고 부러뜨려서 조
각을 씹었다.

"엿 맞습니다. 독은 전혀 없습니다."

다른 세 무사들도 널려 있는 엿들을 들고 조금씩 맛을 봤
다. 정말로 그냥 엿이었다.

"원래 기력이 없어 허약해진 병자나 노인들의 집에는 엿
이 있는 경우가 많습니다. 엿은 기력을 차리는 데 좋지요."

"흐음. 하지만 일부러 독을 시험하는 대상을 살리려고
엿을 먹인다는 것도 이상하잖아?"

제갈연도 엿을 맛보았다.

"별로야."

워낙 고급스러운 것만 먹어 보아 그런지 그냥 심하게 달
기만 하고 맛이 없었다. 제갈연은 조금 맛만 보다가 뱉어
버렸다.

"여긴 특이한 게 없는 일반 민가란 거군. 그자가 왜 하필
여기에 머무르고 있을까. 안쪽의 환자도 아마 아까 그쪽의
남편이겠지? 독문과 관련이 없는 일반인이 맞는 것 같네."

제갈연이 웃었다.

"뭐 상관없겠지. 어쨌든 대범한 자야. 독곡에서 얼마 떨
어지지도 않은 데에서 달아나지도 않고 민가에 숨어 있었
다니. 나이도 어리다 하니 만나는 게 기대되는걸."

하나 그 본인은 생각보다 귀가가 늦었다.

기다리다 지루해진 무사들이 엿이나 주워 먹으면서 한참을 더 기다린 후에야, 마침내 그가 나타났다.

*　　*　　*

해가 중천에 떠오른 정오.

끼이익.

누군가가 반쯤 열려 있는 대문을 밀고 들어왔다.

언뜻 별다른 기세도 없이 평범해 보이는 외형.

하지만 살짝 절고 있는 발걸음이 유독 눈에 띈다.

절룩, 절룩.

절름발이!

'그자다!'

절름발이 청년이 입에 풀 한 줄기를 물고 마당을 가로질러 들어오고 있었다.

'사갈독왕!'

제갈연은 보기만 해도 그가 자신이 찾던 이라는 걸 알 수 있었다.

그런데 절름발이 청년은 마당에 있는 자신들을 한 번 슬쩍 훑어보더니 그냥 마당을 지나쳐서 방으로 가려는 게 아닌가!

당연히 그 앞을 무사가 막아섰다.

청년, 진자강이 걸음을 멈췄다.

진자강은 고개를 돌려서 정확하게 제갈연을 쳐다보았다. 그가 이곳의 최고 책임자라는 걸 이미 듣고 왔으니.

"안에 환자가 있습니다."

제갈연은 진자강을 탐색했다. 보이는 것만큼이나 목소리가 젊어 보였다. 또래이거나 조금 더 어릴 듯했다.

생김새는 평범했으나 드러난 살갗이 유독 특이했다. 제갈연이 탐이 날 정도로 투명하고 하 다.

제갈연은 코웃음을 치며 조소했다.

"당신이 그렇게 만든 것 아닌가?"

진자강은 바로 대답을 못 했다. 어떻게 보면 장씨는 자신 때문에 중독된 게 맞다.

"그럴 수도 있겠군요."

제갈연이 입술을 이죽거렸다.

"사파의 쓰레기."

진자강은 동요하지 않고 제갈연을 쳐다보기만 했다.

"당신이 사갈독왕인가? 안에 있는 남자와는 무슨 관계지?"

"내가 누구인지 궁금하다는 겁니까, 아니면 안에 있는 사람이 궁금하다는 겁니까?"

"그 정도는 알아서 대답해도 되잖아!"

"그럼 대답하지 않도록 하죠."

알아서 대답하라니까 대답을 안 한다는 대답이 돌아왔다. 제갈연의 눈썹이 치켜 올라갔다.

"오만하군?"

그때 갑자기 제갈가의 무사들 중 한 명이 헛구역질을 했다. 진자강의 바로 앞에 서 있던 무사다.

"욱!"

무사가 계속해서 헛구역질을 하다가 입을 닦더니 놀라서 부르짖었다.

"피!"

그 순간 제갈가 이들의 머릿속에 떠오른 것은 바로 '독'이었다.

신융이 소리쳤다.

"물러나! 피독단을!"

무사는 깜짝 놀라서 진자강의 앞에서 비켜섰다.

그러곤 피독단을 꺼내 입에 물었다. 다른 무사들도 마찬가지였다.

신융과 제갈연도 기름종이에 싼 피독단을 꺼내 혀 밑에 밀어 넣었다.

하지만 진자강은 그들에게 한번 눈길을 주더니 바로 방

으로 들어가 버릴 뿐이었다.

제갈연은 놀라서 당황했다.

"도대체 언제?"

다른 무사 둘도 속이 좋지 않은지 얼굴을 찡그리며 배를 매만져 댔다.

제갈연이나 신융도 마찬가지였다. 무사들만큼 심한 건 아니었지만 어딘가 속이 불편한 것이 분명히 이상이 생겼다는 걸 자각할 수 있었다.

제갈연은 이해하기가 어려웠다.

'뭐지? 이런 독공은 듣도 보도 못 했어. 내 이목을 숨기고 하독을 했다고?'

명문 정파의 내공은 매우 순도가 높다. 일정 경지에 오르면 내공을 미리 끌어 올리는 것만으로도 독에 대한 반응과 저항력이 높아진다.

혹시나 몰라 진자강을 보는 순간부터 은은하게 내공을 몸에 돌려 놓고 있었다.

그런데 왜 중독 증상이 있는가?

제갈연의 눈에는 불신의 빛이 가득했다.

아무리 독공의 고수라고 하더라도 아무런 기미 없이 하독을 할 수는 없다. 하다못해 경력에 독을 실어 보냈어도 기감을 느낄 수 있었을 것이다.

보기에는 딱히 무공이 고강해 보이지도 않는데…….

"설마…… 아까 그 엿?"

하지만 엿에는 독이 없었다. 신융이 확인했다. 그렇다면 아까의 썩은 냄새?

그사이에 무사 둘이 피를 뱉었다. 심한 건 아니었지만 경각심을 일으키기에 충분한 증세였다.

"이게 어떻게 된 거야!"

제갈연이 앙칼지게 외쳤지만 신융도 거기에 대답하지 못했다. 신융도 속이 부글거리고 끓어서 내공으로 다스려야 한 탓이었다. 그 역시 이유를 몰랐다.

그때 방에 들어갔던 절름발이가 다시 나왔다.

철그럭!

놀란 무사들이 긴장해서 빠르게 검병(劍柄)을 쥐었다.

그러나 진자강은 놀라거나 당황하지도 않았고, 화를 내지도 않았다. 무심할 정도의 담담한 눈빛으로 잠시 그들을 둘러봤을 뿐이었다.

진자강은 그냥 마당으로 나와서 우물로 가 물을 길어 한 바가지 마셨다. 그리고 두레박의 물을 솥에 부었다. 장작을 패고 장작에 불을 붙여 끓였다. 아무리 봐도 평상시에 하는 그런 행동이었다.

"저, 저건 대체 뭐 하는 짓이지?"

도무지 일반적이지 않은 태도가 제갈연의 심기를 불편하게 만들었다.

중독을 시켰으면서 그 뒤에 뭔가 말을 하는 것도 아니고 그냥 평소처럼 자기 할 일을 하고 있는 것이다.

심지어 이러면 말을 거는 것조차 애매해지는 그런 상황이 아닌가!

무사들은 몸이 이상하니 어기적거리고 있고, 제갈연은 딱히 할 게 없다.

자신들을 아랑곳하지 않는 절름발이를 보면서 제갈연의 눈초리가 떨렸다.

"감히…… 나를 무시하고 있어?"

진자강은 두레박에 물을 퍼 항아리에 담고선 세수를 했다. 세수를 마치더니 또 입에 풀을 물고 뒷마당 쪽으로 가버린다.

너무나 일상적이고 평온한 태도라서 이걸 그냥 다짜고짜 칼질을 해야 할지 어떻게 해야 할지 당혹스러웠다.

제갈가의 무사들도 어색해하기는 마찬가지였다. 이런 상황은 그들도 처음이었다.

진자강은 뒷마당에서 금세 돌아왔다. 손에는 굳히고 있던 엿이 담긴 소쿠리가 들려 있었다.

진자강이 마당으로 와서 소쿠리 안을 들여다보았다. 처

음보다 반은 더 줄어 있었다.

제갈가의 무사들은 살짝 찔끔했다. 기다리다가 심심해서
엿을 자신들이 계속 주워 먹었던 것이다. 그러나 그건 사실
남의 걸 몰래 훔쳐 먹은 꼴이니 말이다.

진자강은 말없이 입에 풀을 물고 씹으며 제갈가의 이들
을 보았다.

그러다가 한참 만에야 입을 열었다.

"집에 도둑이 와 있었군."

제갈연의 얼굴이 찡그려졌다.

"지금 사람을 뭐로 보고 그러는 거야? 도대체가 아까부
터……!"

절름발이가 소쿠리를 내밀어 안을 보였다.

"그럼 아닙니까?"

"이쪽의 인내에도 한계가 있다는 걸 잊지 마라. 사파의
쓰레기."

제갈연의 눈이 표독하게 빛났다.

진자강이 말했다.

"남의 집에 함부로 들어와서 남의 물건에 함부로 손을
대는 작자들에게 쓰레기라는 말을 들으니 이상하군요. 그
리고 누구에게 사파라고 하는 겁니까?"

"너! 사갈독왕!"

"남들이 그렇게 부른다고는 들었습니다만, 그렇다고 내가 사파의 일원인 것은 아닙니다."

"웃기고 있네."

제갈연은 속이 좋지 않아서 기분이 더 나빠졌다. 무사들은 심하게 중독된 듯싶지만, 자신의 피해는 별로 크지 않다.

제갈연은 내공을 끌어 올리면서 출수할 준비를 했다.

"도저히 좋은 말로 해결할 분위기가 아니네."

진자강은 아까 자신이 단령경에게 말을 하던 모습과 제갈연의 모습이 부지불식간에 겹쳐 보여 희한한 생각이 들었다.

정파인들은, 특히나 세간에서 협기가 높기로 유명한 자들은 모두가 사파를 미워했다. 그것은 일견 증오에 가까웠다.

물론 그만한 이유가 있었다. 남을 위협하고 금품을 빼앗는 산적들이며 사람 목숨을 파리 목숨으로 아는 비적들이라고 어렸을 때부터 귀에 못이 박히도록 들어왔으니까.

진자강도 사파를 무심코 미워하고 증오했다. 사파라는 말만 들어가도 싫어했다. 그래서인지 사파인들은 자신들을 사파라 부르지 않고 흑도라 칭했다.

그러나 막상 진자강이 사파라는 딱지가 붙고 보니, 그것은 어딘가 불합리했다.

대협객이라던 백리중은?

협(俠)의 기치를 건 정파들이 독문에 의해 약문이 몰살당할 때 했던 행동은?

그들의 행동은 사파나 다름없었는데도 왜 아직도 정파로 남아 있는 것일까.

단령경이 말한 것처럼.

그것은 정파(正派)가 아닌 정파(政派)적인 일인 것일까.

어쩌면, 사파의 딱지를 붙이는 것만으로 증오의 대상이 되는 것은 올바른 일이 아닌지도 모른다.

진자강은 그런 생각이 들었다. 굉장히 위험한 생각임에 틀림없는 생각.

그러나 사실은 이 지경까지 와서, 그런 생각을 하든 말든 별 상관이 없다는 생각도 동시에 들었다.

진자강은 생각을 정리하고, 제갈연에게 되물었다.

"이번엔 제가 묻겠습니다. 남의 집에 무단으로 침입해서 물건을 함부로 건드리고, 다짜고짜 칼부터 뽑으려는 당신들은 누굽니까?"

단령경에게서 삼룡사봉이라는 것만 들었지, 누구인지는 듣지 못했다.

제갈연은 어이가 없는 얼굴을 했다.

'우리를 몰라?'

제갈가는 공명의 후손으로서 흰옷에 녹옥빛 장포를 주로 걸치고 요대(腰帶)와 옷깃에는 공명의 부채를 상징하는 깃털 모양을 자수로 놓고 다녔다.

거기다 검의 손잡이 끝에는 무림총연맹의 일원임을 알리는 검수(劍穗)가 찰랑거렸다. 수실을 꼬아서 만든 무(武)자 형태의 수술이다.

그러니까 강호에서 칼밥 좀 먹었다 싶은 이라면 지금 여기 있는 이들이 제갈가의 사람이며, 무림총연맹의 소속이라는 걸 모를 수가 없는 것이다.

제갈연이 진자강을 보니 정말로 모르는 눈치였다.

사람을 잘못 찾아온 걸까, 하는 생각도 들었다. 하지만 그럴 리가 없잖은가. 당장에 무사들 셋이 중독되어 피를 토하고 있는데.

무언가 석연치 않은 느낌에 제갈연이 짧게 대답했다.

"나는 제갈가에서 왔다. 그러는 네놈은 누구냐?"

진자강은 의외의 대답에 생각보다 놀랐다.

'제갈가라고?'

제갈가라면 강호에 널리 알려진 무림세가이고 명문 정파다. 수많은 학사와 무림 고수를 배출하며 강호에 단단히 자리 잡은 강맹한 가문이었다.

진자강이 백화절곡에 살 때, 어려서 세상 물정을 잘 모를 때에도 제갈가의 이름 정도는 들어 보았다.

천고지재(天高智才) 협가제갈(俠家諸葛).

제갈가의 지혜가 하늘에 닿을 정도로 높다는 뜻으로 와룡의 후손으로서 천기를 읽고 기관진식을 다루는 데 능했다. 무공보다는 지혜로움으로 협의를 행하여 협가라는 별칭도 붙어 있었다.

그러나 무공 역시 낮지 않아서 당당하게 무림세가의 한 축에 이름을 올려놓고 있었다.

자신과 또래로 보이는 소저.

그 여유는 제갈가라는 가문의 후광에 대한 전폭적인 믿음과 자신의 무공에 대한 절대적인 자신감이 근원인 듯 보였다.

그러니까 독곡을 붕괴시켰다는 소문이 도는 진자강을 찾아올 정도로 자신이 넘치지 않겠는가.

진자강은 묘한 기분이 들었다.

눈앞에 있는 제갈연과 자신의 격차가 느껴져서다.

시작부터 인생이 꼬여 수라장을 전전해야 했던 진자강과 가문의 후원을 받아 가며 누구보다 안정적이고 평탄한 정예 과정을 밟아 왔을 제갈연.

자신만만한 제갈연의 표정에서 얄궂은 운명의 격차가 고스란히 전해져 왔다.

오죽하면 눈에 보이는 흉터 하나 없는데도 불구하고 암부의 괴송보다 강할 거라지 않은가.

'삼룡사봉으로 손꼽히며 괴송을 능가하는 고수…… 내 또래로밖에 보이지 않는데도, 벌써 전 강호에 명성을 떨치는 호걸이 되어 있다. 그런데 나는…… 사갈독왕이라고?'

괜히 헛웃음이 나왔다.

'하하……!'

시작의 차이, 태생의 차이가 여기까지 와 버렸다.

오래전 곽오가 했던 행동도 이해가 된다.

젊은 혈기에 강호를 주유하는 제갈연 같은 명문 정파의 후예들이 얼마나 부러웠겠는가.

지금 진자강이 제갈연을 보며 부러울 정도이니 예전의 곽오는 그보다 더했을 터였다.

그 부러움과 질시, 어긋난 욕망이 선을 넘어 스스로를 파멸의 구렁텅이로 빠뜨렸으나…….

어렸을 때부터 동경하던 무림세가의 사람을 직접 만났다는 것은 진자강에게도 상당히 생소한 경험이었다.

물론 처음 강호의 대협객을 만났을 때의 상처가 너무 커서 그 이후로는 뭐든 냉소적으로 보게 되었지만 말이다.

진자강의 상념은 제갈연의 날카로운 외침으로 중단되었다.

"네놈은 누구냐고 물었잖아!"

진자강은 잠시 생각하다가 툭 던지듯 대답했다.

"나는 백화절곡의 후손입니다."

생각도 못 한 대답을 들었는지 제갈연이 반문했다.

"뭐? 백화절곡이 어디지?"

백화절곡은 강호에 이름이 날 정도로 대단한 문파도 아니고 공식적으로 이미 구 년 전에 사라졌다. 비슷한 중소 문파가 수천, 수만 개다. 중원에서만 활동했다면 아무리 견문이 넓어도 백화절곡을 알 수가 없을 것이다.

"백화절곡은 운남 약문 일파입니다. 구 년 전 독문의 공격을 받고 멸문했습니다."

제갈연이 신융을 바라보았다.

사파의 비밀 전인이라는 얘기를 듣고 왔는데 갑자기 약문이라고 하니 얼마나 생뚱맞은 일인가.

신융이 알고 있는 바를 설명했다.

"약문은 대체로 정사지간에 있는데, 사파보다는 정파 쪽에 가까웠던 것으로 알고 있습니다. 독문과의 불화로 큰 싸움이 일어나 대부분이 사망하고 약문은 와해(瓦解)된 것으로 들었습니다."

"아아, 그 사건. 기억이 나네."

제갈연이 진자강에게 따지듯이 물었다.

"그래서? 네가 지금 사파가 아니라 약문의 후손이라고 우기는 거야?"

"내가 거짓말을 해야 할 이유가 있습니까?"

"증거는?"

그 말이 진자강을 우습게 했다.

"당신들이 제갈가의 사람들이라는 증거는 있습니까?"

제갈연이 어이없다는 투로 자신의 팔을 펼쳐 보였다. 제갈가의 사람임을 보이는 의복을 보이고 싶었던 모양이었다.

"강호에서 우리 제갈가의 사람이 아닌데도 이 같은 복장을 하고 돌아다닐 수 있는 자들이 있을 것 같은가?"

대단한 자신감이었다. 그러나 오만함으로 비치지 않을 정도로 그것을 당연하게 생각하고 있다는 뜻이기도 했다.

어쨌거나 제갈연은 예상외의 일에 살짝 눈을 찌푸렸다.

그냥 사파의 인물이었다면 간단한 일이었을 것을.

제갈연이 진자강에게 다시 확인했다.

"그럼 당신이 이번 독곡의 사태를 일으킨 장본인이 아니라는 뜻인가?"

"내가 한 건 맞습니다."

진자강이 담담하게 대답했다.

"독문은 우리 약문의 원수입니다. 독문을 지워야 하는 것은 제 숙명입니다."

"그럼 사파와는 아무런 관계가 없다?"

"적어도, 이번 일에는 관계가 없습니다."

제갈연은 잠시 생각하다가 말했다.

"좋아. 당신 말이 그렇다면, 믿어 주지. 대신 지금 우리에게 한 말을 다시 한 번 해 줘야겠어."

진자강이 되물었다.

"누구에게 말입니까?"

"나는 당신의 말을 믿지만, 본 맹의 윗분들은 당신 말을 믿지 않을 거야. 당신은 이미 사파의 인물로 의심받고 있으며 조만간 살생부의 명단에 오를 예정이었으니까."

진자강은 묵묵히 들었다.

"만일 정당한 복수였다면 그 경위를 소상히 소명하는 것으로 혐의를 벗을 수 있어. 당신은 운이 좋은 거야. 마침 호광성의 무림총연맹 소속 청룡대검각에 그분이 계시니까."

진자강은 기시감을 느꼈다.

오래전…… 아주 오래전…… 하지만 잊히지 않을 그때의 느낌과 똑같은 그 기시감.

백리중이 공명정대하게 억울함을 풀어 주겠다고 약속했을 때의 그 느낌!

"당신도 잘 알걸. 강호에서 가장 공명정대한 분이시며 대협객으로 알려진 백리 대협이 직접 당신의 일을 도와줄 테니까."

스스스스!

진자강은 전신에 소름이 끼쳤다.

"백리 대협…… 백리중을 말하는 겁니까?"

존경하는 대협객의, 그리고 자신들에게 기회를 준 백리중의 이름을 함부로 부른 것에 대해 신융은 눈을 찌푸렸지만, 제갈연은 아랑곳하지 않았다.

"맞아, 백리중 대협이야. 역시 알 줄 알았어."

"잘 압니다."

알다 뿐인가.

물론 제갈연이 말하는 것과는 전혀 다른 의미다.

진자강이 죽여야 할 마지막 인물이니까.

第七章

수라의 눈

　만약 진자강이 따라온다고만 하면 제갈연은 전혀 손해 볼 게 없었다.

　싸늘한 시체로 데려가는 것이 최악의 하책.

　살려서 데려가는 것이 최고의 상책.

　진자강의 출신 성분 따위는 사실 크게 중요하지 않았다. 그거야 무림총연맹에서, 백리중이 알아서 처리할 일이다.

　아니, 오히려 백리중에게는 더욱 좋은 일이 될 수도 있었다.

　운남 독곡에서 일어난 대량의 살육 사건으로 최근 백리중은 상당히 궁지에 몰려 있었다. 백리중의 반대파에서 정치적으로 압박을 가하며 책임을 추궁하고 있는 상황이었던 것이다.

그런데 그게 과거 독문과 약문의 원한 때문이었다는 게 밝혀진다면, 백리중의 책임이 아니게 된다.

그렇게 되면 제갈연도, 제갈연이 공을 들이고 있는 백리 중의 대제자이자 양자인 백리권과의 관계 향상에도 크게 도움이 된다는 의미다.

어느 쪽이든 성공적으로 임무를 마친 셈이 되었다.

'간단하네?'

제갈연이 자기도 모르게 혀로 입술을 살짝 핥았다. 성공 에 대한 흥분에 자신의 명성이 높아질 상상이 됐다.

마치 크게 한 건을 잡았다는 듯 환희의 눈빛이 나타났다.

그 모습을 진자강이 지켜보고 있었다.

진자강은 갑자기 역겨워졌다.

토할 것 같았다.

토하지 않기 위해서 이를 악물어야 했다. 예쁘장한 얼굴 도 추악하게 보였다.

진자강은 결정했다.

"……니다."

상념에 빠져 있던 제갈연은 진자강의 말을 듣지 못해 웃 으면서 되물었다.

"미안한데, 못 들었어. 뭐라고 했지?"

"가겠습니다."

제갈연의 표정이 환해졌다.

'됐어!'

누워서 떡 먹기였다. 괜히 이리저리 신경 쓴 게 다 헛수고였다는 생각이 들 정도로.

하지만 그 뒤에 진자강이 말을 덧붙였다.

"나 혼자."

"뭐?"

"무림총연맹은 나 혼자 가겠다고 했습니다."

제갈연의 얼굴이 일그러졌다. 진자강을 제갈연이 압송해 가야 제갈연의 공으로 인정받는다.

"어째서?"

"운남의 독문이 약문을 공격하여 멸문시킨 사건에 정당성을 부여하고 전모를 조작한 자가 있습니다."

"그게 누구지?"

"백리중입니다."

진자강의 대답에 제갈연과 신융은 꿀 먹은 벙어리가 되었다.

하도 어이없는 얘기를 들어서 기가 막혔던 탓이다.

빠드득.

제갈연이 이를 갈았다.

"감히…… 허황된 말로 나를 놀려?"

진자강은 당연히 제갈연이 그런 반응을 보이리라는 것을 알고 있었다.

"역시나 안 믿을 줄 알았습니다."

"처음부터 약문 운운하며 얼토당토않은 헛소리로 거짓말을 했군?"

하지만 진자강은 진지했다.

"아까는 믿는다면서 지금은 믿지 않는군요. 당신도 내 말을 믿지 않는데 당신을 따라간다고 다른 사람들이 내 말을 믿겠습니까?"

"말이 되는 소리를 해야 믿지. 말 같지도 않은 헛소리를 하면서 믿으라고?"

"오해는 자유지만, 이제 그만 돌아가십시오."

피식.

제갈연이 분노한 얼굴로 노골적인 비웃음을 띠었다.

"비겁하게 아무 경고도 없이 우리 무사들에게 독이나 쓴 주제에 백리 대협이 어쩌고 저째?"

"전 딱히 독을 쓴 적이 없습니다만."

"대단한 헛소리꾼이구나? 그럼 우리 무사들이 실성하기라도 했어? 괜히 피를 토하고 있다고?"

"당신들이 정말로 좋은 의도로 왔다면 나는 거절하지 않았을 겁니다."

"그건 무슨 소리지?"

"나는 집을 나가기 전 반하라는 풀의 줄기를 짓이겨서 문가에 놓아두었습니다. 뿌리에는 독이 있지만 반하의 줄기는 냄새만 매우 심할 뿐이지요."

제갈연과 무사들은 대문에서 썩은 냄새가 나던 걸 기억했다.

"그런데?"

"주인도 없는 집에 무심코 들어가려 했더라도 그런 냄새가 나면, 누구라도 일단은 멈출 겁니다. 잠시 주인이 오길 기다릴 수도 있겠지요. 그런데도 당신들은 그냥 무작정 밀고 들어왔습니다. 그러고는."

진자강은 소쿠리에 든 엿을 들어 씹었다.

오독, 오도독.

"허락도 없이 집을 뒤지고 내가 만든 이당까지 손을 댔지요. 기본적인 예의가 있는 자라면, 호의적으로 나를 찾아왔다면 절대 그러지 않았을 겁니다. 안 그렇습니까?"

"네가 죽인 운남 정파인들의 목숨을 생각하면 넌 이 자리에서 당장 찢어 죽여도 시원찮은 놈이야."

제갈연이 진자강을 비웃었다.

"그런데 수백 명을 학살한 살인마를 찾아오면서 예의를 차리라고? 네놈 집에 뭐가 있는 줄 알고? 게다가 그 맛도 없는 하찮은 엿 따위를 좀 먹었다고 예의 운운을 해?"

"맛있으라고 만든 게 아니니까 그렇습니다. 당신들처럼 예의 없고 적의만 가득한 자들을 혼내 주기 위해 만든 겁니다."

"자꾸 무슨 궤변을 늘어놓는 거냐!"

"반하 줄기의 냄새는 경고였습니다. 경고를 무시하고 들어오면, 그냥 들어오는 데에 그치지 않고 남의 물건에까지 손을 대면, 그땐 지금처럼 몸이 불편해지게 됩니다. 예를 들어 남의 집 이당을 함부로 집어 먹는다든가 하면 말입니다."

"뭣이?"

"반하의 줄기와 이당은 상성이 매우 나빠서 함께 복용하면 위장에 불편을 일으킵니다. 심하면 출혈도 생기죠. 단지 그것뿐입니다."

제갈연은 또다시 어이가 없어졌다. 그러고 보니 중독된 것치고는 불쾌감 말고 딱히 증상이 없다. 피를 머금었던 무사들도 어느새 멀쩡해 보인다.

진자강은 얼굴에서 웃음기를 완전히 지웠다.

"당신들이 자초한 것 이외에 나는 당신들에게 아무런 해도 끼치지 않았습니다. 그러니까 돌아가십시오. 권고는 이것이 마지막입니다. 당신들이 방 안의 환자에게 해를 끼치지 않았기 때문에 한 번의 호의를 베풀었습니다."

"푸웃!"

제갈연이 대놓고 비웃었다.

"호의? 건방지게 네가 호의를 베풀었다고?"

"그렇습니다."

"내가 돌아가지 않겠다면 내게 독을 쓰겠군? 아니, 이미 썼지."

제갈연의 비웃음이 더 진해졌다.

진자강은 대답하지 않음으로써 대답을 대신했다.

진자강은 집에 들어오기 전에도 미리 끼무릇을 먹어 독을 채워 놓았다. 그리고 들어와서 제갈연들을 무시하고 집 안을 돌아다닐 때에도 곳곳에 독을 장치했다.

상대는 암부의 괴송보다도 내공이 깊다고 했다. 만일 싸우게 된다면 진자강은 독을 쓰지 않을 수가 없었다.

제갈연은 완연한 조소로 진자강을 쳐다보았다.

"본 가도, 무림총연맹의 이름도 아랑곳하지 않으시겠다? 아아, 운남에서 독문 나부랭이 몇 죽였다고 아주 대단한 기개를 보이는군. 그럼 이런 건 어떨까?"

제갈연이 날카롭게 소리쳤다.

"데려와!"

무사 하나가 그 즉시 대문을 뛰쳐나갔다.

그리고 얼마 지나지 않아서 진자강이 전혀 예상하지 못했던 일이 벌어졌다.

무사가 또 다른 무사 하나와 함께 줄에 묶인 두 명을 끌고 들어온 것이다.

그들을 본 순간 진자강의 눈이 크게 떠졌다.

"사, 사, 살려 주세요. 아빠!"

"여보! 여보, 괜찮아? 무사해?"

찢어지는 비명과 함께 무사가 대문으로 끌고 들어온 이들.

그들은 다름 아닌 장씨의 부인과 그 딸인 랑랑이었다.

친척 집으로 갔다던 둘이 어떻게 여기에 잡혀 와 있는지도 당황스러웠으나, 그보다도 더 진자강을 화나게 만든 것은 둘의 상태였다.

얻어맞았음이 분명할 정도로 멍이 들었고 입술이 찢어져 피가 날 뿐만 아니라 옷차림새까지 엉망이었다.

장씨의 부인과 랑랑은 진자강을 보고서 깜짝 놀랐으나, 이내 눈길을 돌렸다.

눈을 부릅뜬 진자강은 순간 너무 분노하여 이를 드러냈다.

피가 거꾸로 솟구쳤다. 주먹에 절로 힘이 들어가 떨렸다.

둘을 데려온 긴 얼굴의 무사가 제갈연에게 보고했다.

"독한 것들입니다. 아무리 혼을 내도 아는 걸 불지 않더
군요."

"흥. 사파를 감싸는 것들은 모두 죽어야 해. 너희들은 저
자가 얼마나 많은 사람을 학살했는지 알고 있느냐?"

제갈연의 말에 놀란 장씨 부인과 랑랑이 소리쳤다.

"우린 아무것도 몰라요. 살려 주세요!"

"우리에게 왜 이러시는 거예요!"

긴 얼굴의 무사가 둘을 발로 밀었다.

"조용히 해, 이것들아. 지금 여기가 누구 앞이라고."

제갈연이 조소를 가득 담고 진자강을 쳐다보았다.

"방 안에 있는 자의 처와 딸이다. 방에 있는 자를 굉장히
아끼더군? 어디 이 둘 앞에서 네 장기인 독을 쓸 수 있으면
써 보시지?"

제갈연은 이곳에 진자강이 있다는 걸 알게 된 후부터 이
곳 장씨 집의 정보를 캤다. 그리고 사람을 동원해 달아난
장씨 부인과 랑랑을 잡아오는 건 일도 아니었다.

진자강이 나오지도 않는 목소리를 억지로 쥐어짜 내 물
었다.

"어째서입니까?"

제갈연은 한결 여유롭게 대답했다.

"사파는 사파에 어울리는 대접을 해 줘야지."

"내가 무슨 짓을 했습니까?"

"독곡에서 대단위 학살극을 벌였지. 무림총연맹에 가입한 독문 인사들은 물론이고 정파의 인사들까지 전부. 그중에는 우리 본 가와 친분이 있는 분들도 계셨다."

"몇 번을 말하지만, 내가 한 짓이 아니라고 했습니다."

"또, 또 똑같은 헛소리! 이제 그 말은 지겨워!"

제갈연이 장씨 부인과 랑랑을 가리키며 소리쳤다.

"저것들의 입을 열어! 아는 걸 모두 불게 해!"

무사가 주먹에서 '우두둑' 소리를 냈다. 장씨 부인과 랑랑의 눈에 공포감이 배어났다.

"솔직히 말해."

"저희는 아무것도 몰……."

무사가 주먹을 내려쳤다.

퍽!

장씨 부인이 얼굴을 맞고 엎어졌다.

"엄마! 엄마!"

"아앗! 살려 주세요, 살려 주세요!"

"살고 싶으면 아는 걸 다 털어놔!"

랑랑이 장씨 부인을 몸으로 덮으며 더 때리지 못하게 막

앗다. 그러나 긴 얼굴의 무사는 그 위로 발길질을 했다.

"사갈독왕치고는 너무 별 볼 일 없는데?"

제갈연이 또다시 진자강을 조롱했다.

"둘을 살리고 싶으면 네가 우리를 따라가든가, 그게 아
니라 네가 살고 싶으면 어서 독을 쓰든가 해 봐. 사갈독왕
이 고작 이것밖에 안 돼?"

그러나 이미 진자강은 제갈연을 보고 있지 않았다.

"……자르겠다."

진자강이 한 말이었다.

고양이처럼 가늘어진 진자강의 눈동자가 제갈연을 지나
긴 얼굴의 무사를 노려보고 있었다.

소름 끼치는 살기가 진자강에게서 뿜어지고 있었다. 긴
얼굴의 무사가 한기를 느끼고 어깨를 움츠리며 진자강을
쳐다보았다.

진자강이 야수 같은 얼굴로 말했다.

"한 번 더 그들을 건드리면…… 그 팔을 자르겠다."

긴 얼굴의 무사는 눈치를 보다가 제갈연의 성난 눈초리
를 보고는 다시 주먹을 들었다. 그러곤 장씨 부인과 랑랑을
때렸다.

퍽! 퍽!

"아악! 악!"

장씨 부인과 랑랑의 비명을 듣자 진자강은 살기가 들끓었다. 뱃속에서부터 뜨끈한 것이 치밀어 머리끝까지 화가 치밀었다.

　일상이 무너지고 있다.

　진자강에게 유일한 위안이었던 일상이 파괴되고 있다.

　슬펐다.

　자신 때문에 장씨 가족의 평온한 일상이 깨져 버린 것이.

　증오했다.

　아무 죄도 없는 저들의 일상을 깨 버린 저들을.

　일상의 파괴는, 진자강이 동경하던 삶을 파괴한 것과 마찬가지였다.

　단령경이 말한 '손해'라는 게 이런 것이었는가?

　장씨 부인과 랑랑이 저들의 손에 잡혀 있었다는 것?

　만일 진자강이 단령경의 말을 들었다면 장씨 부인과 랑랑에게 이런 수모는 찾아오지 않았을까.

　진자강은 머릿속에서 무언가 끊기려 하는 걸 깨달았다.

　처음 갱도를 나와 피를 갈구하던 살인마의 모습이 드러나려 하고 있었다. 그토록 수없이 살인마가 아니라며 되뇌었던 날들의 노력이 수포로 돌아가려 하고 있었다.

　"협가제갈."

　진자강이 되뇌었다.

"천고지재 천하명문 협가제갈."

"응?"

진자강이 송곳니를 드러냈다.

"너희들은, 그 이름을 쓸 자격이 없다."

진자강은 참고 있던 분노를 폭발시켰다.

"으아아아아!"

내공을 받아들였다. 이미 달궈져 있던 몸 안에서 생겨난 내공이 광폭하게 휘몰아쳤다.

툭! 투투툭!

몸 안에서 혈도가 손상되어 터져 나가는 소리가 들려오며 일전에 위종에게 부상을 입었던 진자강의 한쪽 눈 안쪽의 실핏줄이 다시 터졌다. 진자강의 눈이 피로 물들어 시뻘게졌다.

진자강은 한쪽 눈이 시뻘게진 채로 이를 드러내며 악귀처럼 으르렁댔다.

"너희들이 내게서 앗아 갔으니, 나도 너희들의 일상을 박탈하겠다!"

진자강이 뿜어내는 무시무시한 살기에 제갈가의 무사들은 잠깐 동안 얼어붙었다. 그것은 이제껏 그들이 겪어 온 어떤 마두나 악한들의 살기보다도 더 진득하고 끔찍한 것이었다.

그러나 제갈연은 여유작작했다.

'오호라, 이제야 정체를 드러내는 건가?'

진자강이 뿜어내는 살기는 거칠었다. 분명히 일반 무사들, 아니 제갈가에서 제대로 된 훈련을 받은 무사들일지라도 견딜 수 있는 수준은 아니었다.

하나 제갈연의 수준쯤 되면 이런 거친 살기는 두렵지 않다.

진정한 고수는 정제된 살기를 내뿜는다.

그러니까 이것은 하수.

조금 상대하기 까다로운 하수가 벌이는 최후의 발악일 뿐이다.

가문에서 무림총연맹에서 수많은 고수를 보아 온 제갈연에게는 진자강의 살기는 가소롭게까지 느껴졌다.

살기(殺氣)에는 통상적으로 세 가지가 있다.

견살기(見殺氣), 시살기(視殺氣), 관살기(觀殺氣).

견살기는 눈으로 살의(殺意)의 감정이 드러나는 것을 말한다. 분노로 눈이 뒤집혔다든가 눈초리가 붉어진다든가 하는 식으로 살기가 표정에 드러난다. 무림인이 아닌 일반인들도 분노가 극에 달하면 견살기가 나타난다.

시살기는 경험적으로 사람을 죽여 본 사람이 내뿜는 기

운이다. 살인은 패도(悖道)다. 패도에 들어선 자들은 사람을 죽일 때 더 이상 망설이지 않기 때문에 살인을 우습게 여긴다. 때문에 견살기와 다른 위압감이 배어 있어서 상대를 위축시키는 살기를 풍기게 된다.

관살기는 살기의 극한에 있지만 이미 살기를 넘어선 살기다. 많은 경험과 깊은 통찰 끝에 본성(本性)의 깨달음으로 살의가 자연스러워진 경지다. 사람을 죽이고자 하면 굳이 살기가 필요하지 않다는 것을 알고 있으며, 동시에 살기만으로 사람을 죽일 수 있는 능력이 있기에 살기 자체가 무의미해진다.

살기를 부정하는 역설적인 살기.

그것이 관살기였다.

제갈연이 보기에 진자강의 수준은 최하였다.

'끽해야 견살기!'

그냥 자기가 화가 났다고 표현하는 것밖에 되지 않는 살기다. 분노의 감정을 드러냈을 뿐이지 아무것도 아니다.

'건방지긴.'

제갈연은 이런 하수와 드잡이질을 하는 것도 귀찮아졌다.

'사갈독왕 좋아하고 있네.'

어울리지도 않는 대단한 별호를 지어 준 작자를 잡아다

가 몇 대 쥐어박아야 할 것 같았다.

제갈연은 허리에 찬 연검(軟劍)의 손잡이를 쥐었다.

제갈가에서도 까다롭기로 알려진 연검술 비익검(飛翼劍)을 칠성까지 익혔다. 일 검을 날리는 순간 전신 요혈에 최대 여덟 개의 구멍을 낼 수 있다.

살기를 줄기줄기 뿌리고는 있으나 허점만 잔뜩 보이고 있는 진자강에게 본때를 보여 주기엔 딱 좋은 검법이다.

그런데.

'어?'

제갈연은 검을 뽑을 수가 없었다.

아니, 연검의 손잡이를 애초에 잡고 있지도 않았다. 잡고 있다고 생각했는데 그냥 착각이었다.

'뭐야? 뭐야?'

제갈연은 당황했다.

목소리도 나오지 않았다. 그러고 보니 아까부터 말을 하고 있다고 생각했는데, 그냥 생각만이었다. 소리를 낼 수도 없었던 것이다.

'어어어?'

두려움이 엄습했다.

'내, 내 몸이 왜 이러지? 왜 이래!'

제갈연은 다른 데도 볼 수 없었다. 아까부터 고개도 돌리지 못하고 마냥 진자강만을 쳐다보고 있을 따름이었다.

온 세상이 시커멓고, 보이는 것은 오로지 진자강의 새빨
간 눈동자뿐. 집채만큼 커다란 새빨간 눈동자에서 피가 흘
러 제갈연의 발목을 적시고 있는 착각이 들었다.

그제야 제갈연은 자기가 손을 떨고 있다는 사실을 깨달
았다.

'주눅이 들었어? 이 내가? 견살기 정도에?'

제갈연도 살인은 몇 번이나 해 봤다. 산적이나 비적들의
토벌에 몇 차례나 나서서 상당한 전과도 올렸다. 겁먹은 산
적들이 도망치는 걸 쫓아가서 목을 치고 심장을 찔러 죽였
다. 하찮은 벌레를 죽이는 것보다 겨우 조금 귀찮은 일이었
다.

살기를 좀 뿌리면 산적들은 그 자리에서 오줌을 지리기
도 했다.

살인에 관한 제갈연의 기억에는 더러운 것, 이라는 인식
만 남아 있을 뿐이었다.

그러니까, 어쨌든 자신 역시 시살기에 들어 있을 터였다.
아무리 잘 봐줘도 같은 등급의 시살기에 눌려 겁박당하고
있다는 게 말이 되는가?

하지만 제갈연이 알지 못하는 사실이 있었다.

제갈가의, 그것도 삼룡사봉이라 불리며 제갈가의 총애를

받고 있는 제갈연을 감히 죽이겠다고 살기를 드러낼 자가 몇이나 있었겠는가.

비무든 싸움이든 상대는 제갈가의 이름 때문에라도 제갈연을 죽이겠다는 생각을 할 수가 없었다.

설사 제갈연을 죽일 수 있었다고 해도 그 후에 쏟아질 제갈가의 분노를 감당해야 한다. 구족(九族)이 문제가 아니라 혈족(血族)을 비롯해 문파의 혈통(血統) 전체가 흔적조차 남지 않고 세상에서 지워지게 될 테니까.

그러니까 제갈연을 상대로 위협하기 위한 살기를 보인 자는 있을지언정, 누구도 진정한 살기를 드러낸 적은 없었던 것이다.

지금, 비록 진자강이 보이는 것이 견살기에 불과하다 할지라도 진자강은 진심으로 제갈연을 죽이려 생각하고 있었다.

제갈연은 이러한 살기가 생소하다. 자신에 대한 절대적인 살의를 접한 것은 제갈연도 이번이 처음인 것이다.

반드시 죽인다!

내 육체, 삶, 고통까지 모든 것을 다 던져서라도!

인간이 견딜 수 없었던 지옥에서 기어올라 와 수많은 이들의 피로 피 칠갑을 하며 악착같이 살아남은 진자강이 던지는 목소리였다. 자신의 모든 것을 걸고 죽이겠다고 덤벼드는 이 지독한 살의는 곱게 자란 제갈연으로서는 도무지 견딜 수가 없는 것이었다.

'나, 나는…… 나는!'

제갈연은 이빨을 딱딱 부딪치며 떨었다.

시뻘건 눈동자가 점점 자신을 향해 다가오고 있었다.

만일 그대로 시간이 지났다면 제갈연은 채 반항해 보지도 못하고 진자강의 공격을 허용하고 말았을 터였다.

그러나 그때 갑자기 시뻘건 눈동자가 가두었던 세상에 빈틈이 생겼다.

신융이 장씨 부인과 랑랑을 놓아주었던 것이다. 장씨 부인과 랑랑을 때리던 긴 얼굴의 무인을 막고, 달아나도록 대문까지 열어 주어 내보냈다.

그때에 진자강이 보인 빈틈이었다. 제갈연은 온 힘을 다해 몸을 뒤틀어 빈틈을 빠져나왔다.

신융이 명령했다.

"막아라!"

제갈가의 무사들은 명령에 정신을 차리고 칼을 뽑았다.

긴 얼굴의 무사를 포함한 네 무사들이 진자강에게 달려들었다.

제갈연은 믿을 수 없는 표정으로 숨을 몰아쉬고 있었다.

"헉! 헉!"

온몸이 순식간에 땀으로 흠뻑 젖어 버렸다.

최근에 이 정도로 긴장하고 두려웠던 적이 없었다. 부끄럽기도 하거니와 자존심도 상했다.

으드드득!

제갈연이 이를 갈았다.

"사술! 놈이 사술을 쓰고 있어!"

누구에게 말하는 것인지 알 수 없는 공허한 외침이었다. 제갈연은 눈에 불을 켜고 신융을 노려보았다.

"너! 누가 인질을 풀어 주라고 했어!"

신융은 이미 자신이 모시는 주군이 방금까지 매우 위험한 상황에 처해 있었다는 걸 알고 있었다. 자기가 둘을 풀어 주었기 때문에 소주를 향한 진자강의 살기가 누그러졌던 것이다.

하지만 굳이 직접적으로 말하진 않았다.

"상대를 자극해서 좋을 건 없습니다, 소주."

철썩!

제갈연이 신융의 뺨을 때렸다.

"적 앞에서 다시는 내게 건방지게 굴지 마."

"죄송합니다."

제갈연은 내공을 끌어 올리고 연검을 뽑았다. 연검이 빛을 발하며 낭창거리고 흔들렸다.

"가만두지 않겠어."

제갈연이 무사들과 싸우는 진자강의 모습을 노려보았다.

진자강은 아까부터 내공의 회전을 계속해서 유지하고 있는 중이었다. 네 무사들의 얼굴 표정부터 보폭, 칼이 날아오는 방향을 모두 볼 수 있었다.

내공의 회전을 유지하는 동안에는 오른쪽의 동작도 훨씬 빨라진다. 진자강은 첫 칼질부터 다소 여유롭게 피해 냈다.

싹!

무사의 칼이 어이없을 정도로 크게 빗나갔다. 무사도 당황한 기색이 역력했다.

명색이 제갈가의 무사인데 거의 헛손질로 보일 정도로 잘못 베다니!

그것은 아직 자신의 속도에 익숙하지 못한 진자강이 과도하게 움직인 때문이었다. 다른 무사가 동료의 허점을 메우기 위해 옆에서 도우려 했다.

진자강은 그 둘을 무시하고 긴 얼굴의 무사를 노렸다.

긴 얼굴의 무사는 조금 전 진자강이 자신의 팔을 자르겠다고 한 걸 똑똑히 기억하고 있었다.

"그냥 당할 줄 알고!"

긴 얼굴의 무사가 다가오는 진자강을 향해 먼저 칼을 뻗었다. 진자강은 바닥을 구르며 몰래 흙을 한 줌 움켜쥐고 있다가 긴 얼굴의 무사를 향해 던졌다.

확!

흙먼지가 뿌옇게 피었다.

진자강은 독공을 쓰는 것으로 잘 알려져 있다. 긴 얼굴의 무사는 진자강이 독을 쓴 줄 알고 깜짝 놀라서 옆으로 피했다.

진자강은 긴 얼굴의 무사가 피하는 걸 보고 있다가 곧바로 따라가 오른손을 들어 칼처럼 내려쳤다. 몸에서 맹렬하게 회전하고 있던 내공이 오른손으로 이동했다.

분수전탄의 초식은 아니었다. 그냥 내공을 쏟아 버린 것이다.

와지직!

내공이 실린 진자강의 손날에 맞은 긴 얼굴 무사의 한쪽 어깨가 무너졌다.

"으아아악!"

진자강은 긴 얼굴을 무사의 다리를 잡아 넘어뜨리고 올라탔다. 긴 얼굴 무사의 표정에 공포가 어렸다.

퍽!

진자강이 이마로 긴 얼굴 무사의 얼굴을 들이받았다.

퍽! 퍽! 퍽!

코가 무너지고 얼굴이 깨졌다. 진자강의 이마도 찢겨져 피투성이가 되었다. 하지만 진자강은 멈추지 않았다.

긴 얼굴의 무사의 버둥거림이 점점 줄어들었다.

"으...... 으으으......."

얼굴이 거의 함몰된 긴 얼굴 무사의 입에서 애처로운 신음이 흘러나왔다.

다른 무사들이 진자강의 등에 칼질을 했다.

진자강은 피하지 않았다. 등에 두 줄기의 검흔이 생겼다. 분명히 살이 쩍 갈라진 게 보일 정도로 깊게 베였다. 갈라진 살에서 피가 툭툭 터져 나왔다.

하지만 진자강은 피하지도 않고 물러나지도 않았다.

그냥 고개를 돌려서 뒤를 돌아보았을 뿐이었다.

그 무덤덤하고 핏빛 어린 눈길에 무사들은 기가 질렸다. 하나 동료를 구하려고 다가가려다가 갑자기 또 입에 피를 머금었다.

"크윽!"

"어느새 도, 독을!"

진자강은 무사들이 피를 뿜으며 물러나자 긴 얼굴 무사에게로 시선을 옮겼다. 일어나서 긴 얼굴 무사의 손가락을 내려찍듯이 밟았다. 긴 얼굴 무사는 손가락이 부러져서 쥐고 있던 칼을 놓쳤다.

진자강은 그의 칼을 주워 들었다. 내공을 일으켜서 팔에 담았다.

살기로 가득 차 날카롭게 갈라진 목소리가 진자강의 입에서 튀어나왔다.

"팔을 내놔라."

긴 얼굴 무사의 얼굴에 공포가 어렸다.

"자, 자비를!"

하지만 진자강은 긴 얼굴 무사의 위에 서서 그대로 칼을 후려쳤다.

한쪽, 또 다른 한쪽.

긴 얼굴 무사의 양팔이 떨어져 나갈 때까지.

긴 얼굴 무사는 몇 번 몸을 튕기며 발작을 일으키다가 서서히 숨이 멎어 갔다.

지독하리만치 집착적이고 잔인한 광경에 제갈연은 몸서리를 쳤다.

"과, 광인……."

소름이 끼쳤다.

무공이 제대로 된 것도 아니고, 정신도 어딘가 이상해 보인다.

심지어 집요하게 긴 얼굴 무사만을 노려 죽였다. 마치 자기가 한 말은 끝끝내 지켜야 한다는 듯.

하지만 제갈연도 무인이었다. 고강도의 수련은 물론이고 충분한 실전 경험도 쌓았다.

제갈연은 심호흡을 하며 제갈가의 비전 심법으로 마음을 가라앉혔다.

기이한 사술에 위축되긴 했으나 무공으로는 밀릴 실력이 아니다.

"다들 저리 비켜!"

도움도 안 되고 쓸모없이 중독돼서 주춤거리는 무사들에게 한 소리였다.

무사들이 입과 코에서 피를 흘리며 진자강에게서 물러났다.

진자강은 소매로 이마의 피를 닦았다. 그리고 빤히 제갈연을 보았다. 다음 차례는 너냐는 투였다.

제갈연을 무사들 중의 하나로 취급하는 건방지기 짝이 없는 눈빛이었다.

제갈연은 진자강의 새빨간 눈을 마주하니 이상하게 또 몸이 위축되는 듯했으나, 이미 한 번 겪었던 느낌이어서 그런지 아까보다는 버틸 만했다.

신융이 조언했다.

"소주, 놈의 눈을 보지 마십시오."

"알아! 놈이 사술을 쓰고 있다는 거!"

사술이 아니다. 그것은 순수한 살의였다.

죽음에 대한 제갈연의 공포가 만들어 낸 허상이다. 제갈연이 스스로 인정하지 않을 뿐이다.

신융은 그것을 알고 있었다.

그 역시 진자강에게서 느껴지는 알 수 없는 깊이의 광기에 혼란스러웠다.

인간의 눈은 많은 것을 보여 준다.

그가 무슨 생각을 하고 있는지, 어떤 삶을 살아왔는지, 어떤 마음으로 세상을 바라보는지.

현재와 과거, 그리고 미래가 모두 담겨 있다.

지금 저자의 눈에는 오로지 살의만이 존재하고 있다.

현재에도 죽음만이, 과거도 죽음만이, 그리고 미래에도 오로지 죽음만이 남아 있는 지독한 눈이다.

저런 눈을 한 자는 인세(人世)에서 좀처럼 볼 수가 없다.

지옥에서나 볼 수 있는 눈일 것이다.

'저자는 도대체 어떤 삶을 살아왔기에 저런 눈을 할 수 있는 것이냐.'

제갈연을 주군으로 모시며 제갈연이 알지 못하는 온갖 뒷일까지 도맡아 온 신융으로서도 이해하기 어려운 눈.

저런 자와는 가능하면 부딪치지 않는 것이 상책이다. 특히나 제갈연처럼 좋은 것만을 보고 자란 눈은 저런 눈을 결코 넘어설 수 없는 것이다.

하지만, 그럼에도 불구하고 제갈연의 무위는 결코 낮지 않다. 아직 어떻게 독을 쓰는지 독을 쓰는 수법을 알아내지 못했으나 그렇대도 제갈연의 상대는 아니다.

신융은 제갈연을 믿었다.

"나를 우습게 봤어?"

제갈연이 이를 악물고 진자강에게 쇄도했다. 별다른 예고도 없이 거침없이 연검을 휘둘렀다.

차라라락!

하나, 둘, 넷!

하나였던 연검이 갈라지며 순식간에 네 개로 분화했다.

진자강은 연검을 처음 상대한다. 보는 것만도 어지러울 정도로 현란하게 흔들려 눈을 현혹시킨다. 어디를 공격하려는 것인지 순간적으로 판단하기가 쉽지 않다.

진자강의 팔뚝에 길게 검흔이 생겼다.

채찍이 치고 나간 것 같은데 칼에 베인 것처럼 상처가 났다.

상처가 화끈거렸다.

진자강은 내공을 만들어 보법을 밟으며 몸을 움직였다..

차라락!

연검이 아래에서 위로, 위에서 사선으로, 사선에서 다시 사선으로 튕겼다. 연검이 휘어질 때마다 진자강의 몸에 핏빛 선이 그어졌다.

단순히 긋고 베기만 하는 게 아니었다. 연검의 끄트머리가 휘면서 둥글게 튕겨지면 숟가락을 뜨듯 살점이 움푹움푹 팼다.

싸움이 시작된 지 얼마 지나지도 않았는데 진자강의 전신은 벌써 피투성이였다.

피가 뚝뚝 떨어져서 핏방울들이 사방에 흩어져 있었다.

연검을 잘 쓰면 혈도만 짚어서 제압하는 것도 가능한데 일부러 고통을 주고 있는 것이다.

"그 자랑하던 독은 어디에 있지? 응?"

제갈연이 피 묻은 입술을 닦으며 웃었다. 자신의 피가 아닌 진자강의 핏방울이다.

진자강은 길게 심호흡을 하며 피투성이인 얼굴로 제갈연을 쳐다보았다.

"이미 썼습니다만, 못 봤습니까?"

아까와 달리 한층 안정된 진자강이다.

말투도 원래대로 돌아왔다.

분노에 사로잡혀 광적으로 변했다가 마침내 피를 본 후
에야 제정신으로 돌아온 것이다.

〈다음 권에 계속〉